田舎牧師

その人物像と信仰生活の規範

ジョージ・ハーバート
山根正弘 訳

朝日出版社

凡例

書名について

一、『田舎牧師　その人物像と信仰生活の規範』とした。この訳語を採用した理由については、「訳者解題」を参照。

底本と諸版について

一、本書は、ジョージ・ハーバート著 *A Priest to the Temple, or, The Country Parson His Character, and Rule of Holy Life* の翻訳である。底本には、F. E. Hutchinson ed., *The Works of George Herbert* (1941; corr. rpt. Oxford: Clarendon Press, 1945) を用いた。

二、テキストの異同というより、注解に関して前掲書の他、以下の版を参照した。

H. C. Beeching ed., *George Herbert's Country Parson* (Oxford: B. H. Blackwell, 1898).

George Herbert Palmer ed., *The English Works of George Herbert*, 3 vols. (Boston and New York: Houghton Mifflin, 1905).

John N. Wall ed., *The Country Parson, The Temple* (New Jersey: Paulist Press, 1981).

Louis L. Martz ed., *George Herbert and Henry Vaughan* (Oxford: Oxford UP, 1986).
John Tobin ed., *George Herbert: The Complete English Poems* (London: Penguin, 1991).

原注および訳者注について

一、著者による原注については、（　）で示した。
二、訳者による後注については、各章にアラビヤ数字を（　）内に入れた。
三、章題に施した訳者注については、＊で示した。

聖書および祈禱書について

一、一六一一年刊欽定訳聖書およびエリザベス朝祈禱書は、以下のものを参照した。
The Bible: Authorized King James Version with Apocrypha (Oxford: Oxford UP, 2008).
The Book of Common Prayer: The Texts of 1549, 1559, and 1662, ed. Brian Cummings (Oxford: Oxford UP, 2011).
二、詩篇以外の聖書の邦訳は、新共同訳を拝借した。原文と邦訳の意味が大きく異なる場合、訳文を適宜変更した。

『聖書　新共同訳』（日本聖書協会、一九八七年）。
三、詩篇の邦訳について、祈祷書所収の詩編を参照したが、新共同訳に照らし、訳文を適宜変更した。
『祈祷書』（日本聖公会、一九九一年／二〇〇四年）。
四、聖書書名の略形について、原則として新共同訳の略語を拝借した。
五、著者が引用する章や節の区分が現行の区分と違う場合、〔　〕内に現行の区分を示した。

本文の書式・表記について

一、原著の形式にならい、章の書き出しなど、字下げを行なわなかった。ごく僅かの章で、原文にならい、段落分けの字下げをした。第三十四章の章題に付した訳者注を参照。
二、原文のイタリック体の箇所について、引用文および強調箇所は「　」を付け、典拠として挙げられる聖書の書名はゴシック体で、それ以外の単語、主に固有名詞はボールド体で示した。
三、訳者による補足的な説明および付加は、［　］で示した。

外国語（人名や地名）の表記について

一、英語の原音を尊重せず、慣例に従った。例えば、古代ギリシアの聖哲は、プレイトーではなくプラトンなど。

教会用語について

一、文学作品の観点から、特定の宗派に拘らず、一般になじみ深いものを用いた。例えば、カテキズムは、教会問答や教理問答ではなく、教義問答とした。

ジョージ・ハーバートの邦訳について

一、散文『田舎牧師』は
村上達夫訳『神殿に向かう司祭　または、田舎牧師　その性格と聖なる生活の規範』（白石庵敬神会、一九九九年）、
二、『聖堂』所収の教訓詩「教会の袖廊」は
鬼塚敬一訳『続ジョージ・ハーバート詩集』（南雲堂、一九九七年）、
三、『聖堂』所収「教会」の宗教抒情詩は
鬼塚敬一訳『ジョージ・ハーバート詩集』（南雲堂、一九八六年）をそれぞれ参照した。
四、上記以外の『異国風俚諺集』や手紙類は試訳。

目次

訳者解題

多種多様な詩形を駆使して神との対話や心の葛藤を、簡素な言葉で語りかける詩人、ジョージ・ハーバート。その詩行に現れる表面的な意味は、宗教改革にともないギリシア語から訳し直された福音書の如く、鮮明である。たとえるなら、タペストリーに浮かび上がる絵柄である。だが、織物の裏を返せば、一見したところ、空漠たる模様が存在するだけである。詩というテクストに織り込まれた表裏の図柄は、詩人の真意でもあれば、読者の身勝手な深読みでもあるが、絵解きができる分だけ解釈の層を拡げる。秘匿された意味を解明する手立ての一端を挙げると、アウグスティヌスに代表される比喩的・寓意的解釈であり、形而上派詩人の駆使した奇想《コンシート》であり、隠れた技巧を美とした知的背景である。さらにもうひとつ付け加えるなら、伝記や評伝を含め作者の人生である。例えば、ある詩で描かれる、激しい口調で神を責め立てたかと思うと、次の刹那、愛の言葉を契機に恭順な態度に豹変するその劇的な落差は、かならずしも詩人と話者とを同一視する必要はないが、先祖伝来の気質を知れば、癇癪持ちの家系のなせる業であることが判る。穏やかで生まれのよさを感じさせる一方、心に熾《お》きを持つ宗教抒情詩人ハーバートは、はたしてどのような人物であったのか。

詩人のジョージを擁するハーバート家は、ウェールズはモントゴメリーの地で名の知れたジェントリー階級であった。十人兄弟姉妹の大家族で、宮廷饗宴局長を務めた六男ヘンリーがいたが、なかでも長兄エドワードは、ジェイムズ一世の治下、駐仏特命大使としてパリに赴任したあと、男爵に叙せられた。一方、一五九三年四月、五男として産声を上げたジョージは、ウェストミンスター校を出たあとケンブリッジのトリニティ学寮に進み、大学代表弁士に選任された。それは、王侯貴族や諸外国の賓客にラテン語で祝辞を述べる要職で、廷臣となる第一歩であった。その後、故郷モントゴメリー選出の下院議員となったが、最後はソールズベリー近郊の地ベマトンに教区牧師として赴任する。栄耀栄華の宮廷とかけ離れた寒村に、妻と姪を連れて生活を始めた。地方出身だが将来を嘱望されたエリートが田舎の聖職者になるとは、当時としては異例であった。そのことが、我が国では釣魚大全で知られるアイザック・ウォルトンによる伝記のテーゼ、つまり身を落として田舎の人々に奉仕する牧師像に格好の題材を提供した。ウォルトンが描き加えた後光は、内乱の荒廃を経て王政復古後に求められた司牧者の理想と相俟って、ハーバートをしてベマトンの聖人に祭り上げた。ウォルトンの聖人伝は、実像か虚像か。判断材料のひとつが本書である。

ベマトンの地で、詩人というより英国国教会の聖職者の立場から、牧師のあるべき姿を当時流行した人物スケッチの体裁を借りて記したのが、『田舎牧師』である。ある種のマニュアル本として、儀式の執り行ない方や祈りの規定ばかりではなく、日常の信仰生活に至るまで、理想とした聖職者の果たすべき義務・役割が散文で描かれる。だが、詩人を一躍有名にした詩集『聖堂』（一六三三年）の精度の高さに比べると、推敲に手が行き届いるとはいえない。聖務日課や奉仕活動のあと、疲弊した身体で精神の高揚を鎮めるため、折に触れて執筆に勤《いそ》しんだ結果であったのかも知れない。

田舎牧師の日常や性格を描く中で、はからずも詩人自身の心情が吐露され、彼の肖像の輪郭がおぼろげながら浮かんで見えると私は思う。特に、教区巡回の目的を述べる件《くだり》で、彼の人となりが滲み出る。「牧師は極貧の人の家を訪れるのを嫌がってはいけない。たとえ、這うようにして家に入り、家がとても嫌な臭いがしたとしても。神はその家におられて、そのような人々のために命を落とされた。だからこそ、なおさら牧師は、お金持ちの屋敷に通うよりも、貧窮者の家を訪れる方に慰安を覚える。彼自身に関して言えば、それが屈従の修行となる」（本書第十四章）。神の前では、人の差はあってないようなもの。貴賤貧富の隔てなく世話をする。救い主をまねぶ眼差しに牧師の品位が宿る。

また、牧師が軽蔑される運命であることを述べる件では、「牧師はだれからも軽蔑されないように努力すべきである。特に、管轄の教区においては、力の限りを尽くして、軽蔑されないように。というのも、軽蔑あるところに、教導の余地はないから。これを牧師は、第一に、非の打ち所のない信仰生活によって手に入れる。そうすれば、周りから敬意が払われ、軽蔑されることはない。第二に、礼儀正しい振舞と人の心を惹きつける行動によって、手に入れる。尊敬されたいと思う者は、他人を尊敬しなくてはならない」（本書第二十八章）。信仰生活を学究的生活に置き換えれば、教師にも当てはまる至言であろう。

兄エドワード・ハーバート（チャーベリのハーバート卿）の証言が残っている。兄は外交官時代に大陸の思想界から影響を受け哲学や歴史の書を著したが、それだけではなく詩や音楽にも精通したディレッタントであった。晩年の自叙伝に曰く、「五男のジョージはとても優れた学者で、ケンブリッジの大学代表弁士に任命されたほどだ。弟の英語の作品が一部現存しており、その手のものとしては希有なのだが、ギリシア語とラテン語で記した完璧な書き物と較べると、舌足らずであり、神と人間を扱った作品ばかりである。弟は生涯とても信心深く、人々の手本であった。何年もの間、聖職禄をもらい暮らしていたソールズベリー界隈では聖人と崇められるほどであった。ウェールズ出の家系的な欠陥といえるが、ジョージも気性が荒く癇癪持ちで、それでもその件《けん》を除いて、弟の行為に非難される点はなかった。(1)」他の弟、特に軍人で武勲をあげた七男トマスについての回想は質量ともに充実している。一方、生涯病身で低地帯など海外遠征の経験のない五男ジョージについては、むしろ淡泊である。一六三三年三月、四〇歳を目前に肺結核で歿した弟ジョージに対する正当な評価で、偏向のない追想であろう。

本訳書の書名について。底本にも採用された『聖堂付き司祭、または田舎の教区牧師、その人物像と信仰生活の規範』（一六三二年）は、詩人の死後に出版された『ハーバート遺文集』（一六五二年）に初めて収録された。その時以来、ふたつのタイトル『聖堂付き司祭』と『田舎の教区牧師』が併記されるのが慣例である。しかし、前者の表題は、『ハーバート遺文集』の編者によって、上記『聖堂』の人気にあやかり付けられたものである。多くの邦題もそれを踏まえ、『聖堂の司祭』あるいは『神殿に向かう司祭』とされる。だが、後者の『田舎の教区牧師』あるいは単に『田舎牧師』の方が本文の内容に相応しい。敷衍すると、聖餐や礼拝の司式の役目というより、司牧の奉仕活動に重きが置かれており、全体で三七章のうちごく一部を除き、ほぼすべての章の冒頭が「田舎牧師」という言葉で始まり、さらにそれに引き続き、これぞまさに田舎牧師の生きる道が示されていることから、後者の表題がおそらくハーバート自身の意向であったと思われる。(2)

サブタイトルについて。現代英語の感覚で機械的に訳すと、「その性格と聖なる生活の規則」となろう。しかし、十七世紀の語感では、“Character”は、アリストテレスの『ニコマコス倫理学』を踏まえ、その弟子テオプラストスが『人さまざま』で確立したジャンルに由来し、かくかくしかじかの徳を具えた人物はこういう性格の持ち主で、その性格描写や人物の特徴を指す。したがって、字義的には「性格」ではあるが、歴史的な背景を考慮し「人物像」という訳語にした。“Holy Life”については、罪の穢れなき清らかで敬虔な生活という意味で使われており、とりもなおさず「信仰生活」のことである。

また、"Rule"については、敬虔な生活に導く教則や模範となる規則で、「規範」とした。

（1）Edward Herbert, *The Life of Lord Herbert of Cherbury*, ed. J. M. Shuttleworth (London: Oxford UP, 1976), pp. 8-9.

（2）Joseph H. Summers, *George Herbert: His Religion and Art* (1954; rpt. Binghamton, N.Y.: Medieval & Renaissance Texts & Studies, 1981), p. 13, p. 200, n6.

聖堂付き司祭、または田舎牧師、その人物像と信仰生活の規範

著者から読者に

(神の慈悲故に) 神を喜ばせようと思う。というのも、神のおかげでこの世に生を受け生きながらえ、しかも神から望みとそれを遂行する力とを賜る身であるから。また自身でも、その神を喜ばせる方途は、信徒の方々を勤勉かつ忠実に世話することであると考える。救い主もそれを牧者の愛の証と定めている。[1] 目指す目標が持てるように、真の牧者についてその人物像を書き留めようと決意した。しかも目標をできる限り高く設定しよう。というのも、木を的にして射る者より、月を狙う者の方が空高く矢を放つから。[2] もしある人がここで表されていること全部は成し遂げられないにしても、その者が直ちに罪を犯し神の不興を買うなどと考えている訳ではなくて、余りあることをしてくださった方を喜ばせるのに、精一杯身を粉にして尽くすことが、真の奮闘努力であるといえるでしょうから。主よ、どうか私の拙い仕事[難産]を軽蔑せずに、私が述べた点を敷衍し、私自身と他の牧師のために、ことを成就せしめ給え。そうすれば、やがてこの書が司牧大全となりましょう。

一六三二年

ジョージ・ハーバート

（1）ヨハネによる福音書（二一章十五―十七節）。イエスはペテロに愛が如何なるものであるかを示す。「わたしの小羊を飼いなさい。［中略］わたしの羊の世話をしなさい。［中略］わたしの羊を飼いなさい」（［新］二一四五頁）。原文では、福音書と使徒の書簡は、欽定訳（*The Authorized Version, or King James Version*, 1611; 以下、AV と略す）に依拠している。

（2）『聖堂』（*The Temple*）所収の教訓的な詩「教会の袖廊」（"The Church-Porch"）の五六連には、「空に的を定める者は、／木を狙う者よりさらに高く射る」とある（三三三―三三四行）。また、サー・フィリップ・シドニーの『アーケイディア』には、「真昼の太陽に弓を射る者は決して的を射当てる事ができないのは確かだけれど、低い灌木に狙いをつける者よりは高く届くこともまた確実です」（磯部初枝、他訳［九州大学出版会、一九九九年］一七七頁）と、類似した表現が見受けられる。フィリップ・シドニーの妹メアリーは第二代ペンブルック伯爵ヘンリー・ハーバートに嫁ぐ。ペンブルック伯爵家とジョージ・ハーバートを擁するハーバート家とは親戚関係にある。婚族であるが、遠戚の高名な先輩詩人に対するオマージュか。

第一章　牧者について

牧者は、人をして神に帰依させるが故に、キリストの代理である。この規定は明白で、そこには牧者の義務と権威とに至るまっすぐな道が含まれる。第一に、人は不服従により神に背く。第二に、キリストは人を正道に連れ戻すが故に、神の輝かしい道具である。第三に、キリストは永遠にこの世に在らず、和解の仕事を成し遂げると天に召され、代わりに代理を任命する、そしてそれが司祭である。そしてそれ故に、聖**パウロ**は諸書簡の劈頭でこのことを明示し[1]、そしてコロサイでは、次のように明言する。つまり、「わたしは、キリストの体である教会のために、キリストの苦しみの欠けたところを身をもって満たしています[2]」と。この言葉には、聖職者の定義が十全に含まれている。司祭職を規定したこの宣言書から、司祭の威厳と義務のふたつが明らかに導き出せるであろう。つまり、威厳については、司祭はキリストの権威によって、またその代理として、キリストの言動を為し得るから。義務については、司祭はキリストの生と教えの両方のために、キリストの言動を、しかもキリストのやり方を真似て、為すことになっているから。

（1）ローマの信徒への手紙（一章一—七節）。特に「わたしたちはこの方により、その御名を広めてすべての異邦人を信仰による従順へと導くために、恵みを受けて使徒とされました」（五節）。

（2）コロサイの信徒への手紙（一章二四節）。

第二章　牧者の種類

聖職者（とはいっても、我が国、英国だけを念頭に置いていて、しかもこの議論の及ばない国教会の高位聖職者は除外している）の中には、大学内に暮らしている者もいれば、貴族の館に身を寄せている者もいる。さらに管轄の教区に住み着いている者もいる。学内で暮らす者のうち、ある者は在職していて、彼らが遵守すべき規律は、ロマ（十二・六）にある。「わたしたちは、与えられた恵みによって、それぞれ異なった賜物を持っていますから、預言の賜物を受けていれば、信仰に応じて預言し、奉仕の賜物を受けていれば、奉仕に専念しなさい。また、教える人は教えに、（中略）指導する人は熱心に指導しなさい（後略）。」また、ある者は聖職に就く前の準備期間中にあり、彼らの目標と労苦は、知識を獲得するだけではなく、すべての情念を克服し情欲を滅することでなくてはならぬ。教父やスコラ学者の書物を読破したからといって聖職者になれるとか、ことが完了したなどと考えてはいけない。最も辛くて厳しい準備は、心の中で行なわれる。「不敬の輩に神は仰せになる、何故に律法を説き、契約を口にするのかと」詩篇（五〇・十六）。貴族の邸宅に身を寄せる者は、チャプレン—礼拝堂付き司祭—と呼ばれる。(2) 彼らチャプレンが身を寄せる邸宅の一族に負う義務と役目は、教区牧師が教区民に対して負うのと同じである。一方を説明すれば（それが私の筆の進め方であるが）、もう一方は自ずと明らかになる。チャプレンに、「彼らの多くが考えている」ように、自由の身であると考えさせてはいけない。そして、彼らは異なった名前で呼ばれるからといって、役割も違うと考えさせてはいけない。確かに、彼らは身を寄せる一族の牧師であり、公然かあるいは暗黙の契約によって、その目的で迎えられている。聖職に就くまでは友人や話し相手として迎え入れられるかも知れないが、一旦聖職者になれば鋤を捨て去り還俗するまで、(3) 聖職者としての職務を果たすという気概がなければ、いかなる邸宅に出入りすることも許されない。それ故に、身を落として唯々諾々と従わず、邸宅の領主や奥方に敢然と立ち向かい、時によっては、しかるべき時に慎重にではあるが、両人に面と向かって叱責することになったとしても、卑下せず大胆に振る舞うべきである。これに背くチャプレンは、この世での主君を忘れられず、天上の主をすっかり忘れ去ってしまっている。そういう輩は聖職者の面汚しで、義務を怠り卑屈になり媚びへつらってまで追い求めるものから非常に遠ざかり、常に軽蔑されるであろう。出世の希望を胸に抱き有益な勧告や叱責を怠るのは、（**ユダ**と共に）主であり師であるイエスを売り渡す輩だ。

（1）原文では、詩篇（五〇番十六節）の引用は欽定訳ではなく、カヴァデイル訳（大聖書所収、一五三九年）による。ハーバートが使用したエリザベス朝祈禱書（一五五九年）にはカヴァデイル訳詩篇が断片的に含まれているが、全体が欠けることなく収録されるのは、一六六二年の大改訂版である。便宜上、祈禱書（*the Book of Common Prayer 1662*, 以下、BCP と略す）所収のカヴァデイル訳詩篇（*The Psalms of David, or The Psalter*）を参照した。ティンダルの後継者カヴァデイルの詩篇は、欽定訳所収のものより音楽的な階音の美にすぐれているという（齋藤勇『文学としての聖書』［研究社、一九八〇年］五二―五四頁）。

（2）伝記作家オーブリー（John Aubrey, 1626-97）の『名士小伝』によると、ハーバートはウィルトシャーのペンブルック伯爵の居城ウィルトン・ハウスのチャプレンであったという（*Aubrey's Brief Lives*, ed. Oliver Lawson Dick [Jaffrey, New Hampshire: David R. Godine, 1999], p. 137／橋口稔・小池銈、抄訳［冨山房、一九七九年］一二五頁）。なお、管轄の教区べマトンは、ウィルトン・ハウスとソールズベリー大聖堂の中間地点にあり、ともに歩いて通える距離にある。

（３）ここでいう「鋤」とは、人の心を耕し神に帰依させる道具として象徴的に用いられている。ルカによる福音書九章六二節に、「鋤に手をかけてから後ろを顧みるものは、神の国にふさわしくない」とある。なお、ハーバートの母親マグダレン（ダンヴァーズ夫人）と親交のあった、後の聖ポール大寺院の首席説教師ジョン・ダン（John Donne, 1572-1631）の宗教詩「聖職者になったティルマン氏に」("To Mr. Tilman after he had taken orders") の冒頭には、「あなたの神々しい魂が、今や、あなたの手に聖なる鋤を／かけさせて、あなたは、聖職者となったのである。／俗世間の人々のなかには、聖職者を軽蔑する者もいるが、／それを克服して、障壁とはしなかったのである」(*John Donne: The Complete English Poems*, ed. A. J. Smith [London: Penguin, 1980], p. 331／湯浅信之訳『ジョン・ダン全詩集』[名古屋大学出版会、一九九六年]一六二八頁）とある。ヒュー・ラティマー「鋤の説教（一五四八年）」金子啓一訳『宗教改革著作集』第十一巻イングランド宗教改革Ⅰ（教文館、一九八四年）所収、一三三―五七頁参照。

第三章　牧師の生活

田舎牧師の生活はとても厳格であり、あらゆる点で、神聖、公正、慎重、節制、大胆、厳粛である。そして、生活の最高点は忍耐と禁欲であり、そこにキリスト教徒の鑑が見出せる。苦悩については耐え忍び、情欲と情念については克服し、そして魂の騒々しい力はすべて麻痺させ消滅させるべきである。それ故、牧師はこれらの力を知悉して、神が命じた目的すべてのために、自分自身を完全に抑制する。だが、その中でも、牧師は教区民の信仰をつまずかせる事柄に一番注意を払う。第一に、田舎の人々は生活が厳しく、したがって額に汗して働き、その結果お金のありがたさを知っており、無駄遣いによって、自分たちの労苦を増大させるような牧師がいたら、その人物にとても腹を立てる。それ故、田舎牧師はあらゆる貪欲を避けるように用心し、何でも手に入れようとしたり、けちけちして物惜しみしたり、俗世の富を失うことに心悩ませたりせずに、世間の人々が非常に富を尊重することすら不思議だと思うほど、あらゆる言動で富を軽視し蔑視すべきである。富は天罰が下る日には、すこしも慰めとはならない。第二に、奢侈な生活は目に見える罪であり、牧師はあらゆる種類の贅沢を避けるように注意すべきである。特に、飲酒の嗜みを避けなさい。人々が一番陥りやすい悪徳である。[1] もし、飲酒の習慣が身についたら、自分の身を恥と罪に「売り渡すことになり、実を結ばない暗闇の業に加わり、それを明るみに出す[2]」権威を失ってしまう。というのは、罪を犯せばすべて同罪で、自身の罪を棚に上げて非難すれば、最善になるべき者が最悪になってしまうから。また、神の僕が宿屋や居酒屋、そして酒場に足繁く通うのは相応しいとはいえず、牧師の「品格と役目を汚すことになる。」牧師はそうはせずに、自分の生活を律し、ユダヤ人と**ユダ**がキリストを捕らえたとき、キリストが「わたしは毎日、神殿の境内に座って教えていた[3]」と言ったように、牧師も死が訪れたとき、同じことを言うべきである。第三に、田舎の人々は（事実、すべての人が正直者であり）自分の言ったことを守る。言葉は、世間で売り買いや取引をする際、生命のように大切なものである。したがって、牧師は必ず約束は守る、たとえ自分で自分の首を絞めることになったとしても。[4] そうしなければ、牧師は言葉を違えることが露呈し無視されてしまう。そうなれば、田舎の人々は説教壇での牧師の言葉を信ぜず、日頃の付き合いでも信頼されることはない。誓いの言葉と着衣について、その乱れは一目瞭然である。牧師の白は白、黒は黒である。衣服は質素でも、汚れやシミがなく、それに嫌な臭いもせず、清潔でなければならない。罪の穢《けが》れなき心の清らかさが外面に現れ、身体や衣服そして住居にまで行き渡らなければならない[5]。

（1）「教会の袖廊」では、第五連から第九連にわたり、節制、特に節酒の重要性が説かれる。酩酊状態となる「三杯目の酒杯を控えるように」（二五―六六行）奨める。

（2）エフェソの信徒への手紙（五章十一節）参照。

（3）マタイによる福音書（二六章五五節）。

（4）詩篇（十五番）では、主の幕屋に宿り、聖なる山に住む資格のある者、つまり神殿で奉仕する司祭像が示される。「心から真実を語る者、（中略）たとえ己の損となるとも」（傍線訳者、試訳）。"Even he, that . . . speaketh the truth from his heart. . . . though it were to his own hindrance" (underline mine; BCP, p. 475). 浅野順一『詩篇―古代ヘブル人の心―』（一九七二年、岩波新書）二八―三二頁参照。

（5）「教会の袖廊」（六二連）では、「心が醸す芳香を、／身体や衣服そして住居に漂わせるように」（三七一―七二行）と、清潔感を説く。

第四章　牧師の知識

田舎牧師は、あらゆる面で知識が豊富である。下手な石工は石を選ぶ、という。[1] 熟練した腕前になると、どんな知識であれ、すっかりそのままの状態で役立つか、あるいは他の知識の説明に役立つ。牧師は謙虚な姿勢で、耕作や牧畜の知識を得て教導に大いに利用する。というのも、田舎の人々はすでに知っているものから知らないものに導かれるから。しかし、牧師の知識の肝腎要は、書物の中の書物、生命と慰めの源泉であり宝庫といえる聖書である。牧師はそこから知識を吸収し、生を得る。[2] 牧師は聖書の中に四つのこと、つまり生命の教訓、知識の教え、説明の模範、そして慰安の約束を見出す。牧師はこれら四つを各々すでに心の糧としているはずだ。だが、これからそれらを会得するために牧師が用いる手立ての第一は、信仰生活[3]［聖なる生活］である。主の言葉が思い出される。すなわち、「神の御心を行なおうとする者は、わたしの教えが［中略］分かるはずである」ヨハ（七［・十七節］）。そして、邪悪な人間はどんなに学識があろうと、聖書の意味が解らない。なぜなら、彼らは聖書を身に感じないからであり、聖書は記された時と同じ霊がなければ、理解できないからである。第二の手立ては祈りである。それは現世でも必要であるが、あの世ではさらにもっと必要となる。そこでは井戸は深く、我々は汲み上げる物を持っていない。[4] それ故、牧師は聖書の朗読を始めるにあたり、心の中で短く真剣な祈りを唱える。つまり、「主よ、わたしの目を開けてください、あなたの律法の驚くべき業を見ることができるように[5](後略)。」第三の手立ては、聖書の聖句を勤勉に校合することである。真理には矛盾がなく、同一の霊によって記されており、ある箇所と別の箇所をコツコツとまじめに照らし合わせることが、聖書の正しい理解を助ける唯一の方策である。[6] この方策に、前後関係だけではなく、聖霊の意図するところに関してどんな聖句にもそれらに首尾一貫性があるとの考えを加えてもよい。使徒たちが天から火を降らせようとしたとき、自分たちがどんな霊であるのかとの認識がなかったので、叱責された。[7] 律法はあるものを求めているのに対し、福音書は別のものを求めている。けれど、多様性に富んでいるだけで、矛盾している訳ではない。それ故、両方の霊を十分に考慮する必要がある。第四の手立ては、注解者と教父である。彼らは論争の的になっている箇所を扱うが、牧師は彼らの解釈を受け入れるのを拒んではならない。神の恵みと聖霊の教えを無視できるほど他の学問に精通している訳ではなく、牧師は次のことを肝に銘じなくてはならない。つまり、あらゆる時代を通じて神には僕がいて、神は牧師ばかりではなくて、その僕にも真理を明らかにしてきたこと、そして、あるひとつの国ではすべての物を生み出せるとは限らず交易というものが存在するように、そのように神はひとりにだけ門戸を開いたこともないし、これからも開くことはないということ、さらには愛と謙譲のふたつを植え込むため、神の僕の間には知識のやりとりがあるということを。それ故に、聖書の各書には、少なくともひとつの注解があり、牧師はこの注解と自身の瞑想とを頼りに耕せば、聖書に秘匿された神の奥義に与る。

（１）直訳すると、「如何なる石であれ、それを拒むは下手な石工。」日本語のことわざ「良工は材を選ばす」や「弘法筆を選ばず」に引き寄せて改めた。「教会の袖廊」（五九連）には、「熟練の匠は、たまたま手にする／劣悪な道具を拒まず」（三五三―五四行）とある。格言やことわざを教導のよき手段と考えたハーバートは、自らフランス語やイタリア語などから英訳して『異国風俚諺集』(*Outlandish Proverbs*) を編んだ。その六七番には、「下手な職人がすぐれた道具を持っていたためしがない」とある。

（２）ハーバートの「聖書（一）」("The H. Scriptures [I]") と題する詩の冒頭、「おお、聖書よ！無限の甘美よ！私の心をして／あらゆる文字を吸わせ、蜂蜜を得さしめよ」（一―二行）。

（３）holy life の訳語。罪の穢れなき清らかで敬虔な生活、という意味で使われている。ロマ（六・十九）、［一］テサ（四・七）および［一］ペテ（一・十三―十六）参照。

（４）ヨハ（四・七―十五）を参照。祈りとは、決して渇くことがなく、その人のうちで泉となり、永遠の命に至る生きた水を汲み上げる釣瓶に喩えられる。

（5）詩篇で最長の詩一一九番の十八節。

（6）ハーバートの詩「聖書（二）」で、同じ趣旨が韻文で展開される。「この節があの節に符合し、そしてこれら両方の節が／十頁も離れた三つ目の節に合流する。／あれこれの薬草が力を注いで一服の薬を作り出す如く／これら三つの節があるキリスト教徒の運命をつくり上げる」（五—八行）。ちなみに、教父アウグスティヌスは、『キリスト教の教え』（三巻二章）で、聖書の意味がはっきりしない場合、その解決策として、次のように教示する。まず、聖書のより明らかな箇所や教会の権威によって、明らかな信仰の規則に照らす、さらに信仰に照らしてもなお曖昧さが残るときは、その部分を中間に挟み前後の文脈に照らすようにと（Saint Augustine, *On Christian Teaching*, trans. R. P. H. Green [Oxford: Oxford UP, 1999], p. 68／加藤武訳、アウグスティヌス著作集六［教文館 一九八八年］一四八—四九頁）。

（7）イエスがエルサレムに向かう途中で、あるサマリア人の村に入ろうとしたが、歓迎されなかった。それに腹を立てたヤコブとヨハネは、「『主よ、お望みなら、天から火を降らせて、彼らを焼き滅ぼしましょうか』と言った。イエスは振り向いて二人を戒められた」ルカ（九・五四）。

第五章　牧師の副次的知識

田舎牧師は、中世の教父やスコラ学者そしてそれ以降の著述家、あるいはそれらすべてをかなり読み込んでいて、そこから抜き書きをし、すでに一冊の神学書を編纂しているはずだが、その独自の書は説教の種本であり、生涯を通じて説教に利するものだ。だが、何度も表紙を布で張り替え、説明を加え、増補すべきである。巷には、そのような既存の作品が出まわっているが、独自の書の方が使い勝手がよく、利便性があり、極めて有用である。その上、その書は若い頃、聖職者の準備期間中に作られることになっており、十分時間をかけた作品を眺めるのは、そのあとの人生で純粋に喜びとなる。この書を牧師は、国教会の教義問答［教会問答］の解説に役立つように作るが、すべての神学は教義問答に容易に還元できるであろう。というのは、どんな方法を選ぼうと、それ自体、無関心事[1]であるが、一番使いやすそうなものを選ぶのが最善であるから。今では、教義問答は神の教会に貢献する唯一立派な業であり、教会法に定められた従順に属する事柄であり[2]、国教会の教義問答の解説は、何にもまして使える形でなくてはならない。さらに、牧師はこの労作の他に、田舎の人々にぴったり合うような教義問答の小冊子を作るべきだ。聴衆に合わせて、どちらか一方を使い、時に二種類の聴衆が混じっていたら、その両方を使う。牧師はまた、良心の問題を高く評価し、[3] その問題に精通すべきである。そして実際、良心の問題にこそ、人々を真理の道へと精確に導くのに牧師の最大の能力が発揮される。したがって、人々は右へあるいは左へと逸れることがない。この能力を些細なことだと考えてはならない。というのも、すべての人が以下のことを咀嚼し判断できるとは限らないから。つまり、お金を貸してなにがしかの利息を得るのが罪である時とそうでない時、[4] 他人の罪を暴くのが罪である時とそうでない時、「資産の増加を願い名声を得たいという魂の情動が、貪欲と野心の罪である時とそうでない時、飲食と睡眠を求める身体の欲求と睡眠で得られる快楽が、大食、酩酊、怠惰そして情欲の罪である時とそうでない時」など、様々な情況のもと個々の行為について善悪を判断できるとは限らないから。ところで、羊飼いがどの草が毒になるのかを知らなければ、どうしてその者が羊飼いに相応しいと言えるだろうか。それ故、牧師は人の行為を微細に徹底的に吟味して会得すべきである。少なくとも管轄の教区にありそうだと認められる行為すべてについては。

（1）無関心事（[things] indifferent / *adiaphora*）とは、聖書に明確な規定がなく、救済の本質に直接関わりのない事柄、例えば儀式、聖職者の衣服、戒律、位階そして装飾物などを指し、その扱いが個人の自由裁量に委ねられる。特にピューリタンは英国国教会から不必要だと思えるローマ・カトリック的要素を取り除こうとした (Robert H. Ray ed., *A George Herbert Companion* [New York: Garland, 1995], p. 93)。なお、「中間物」や「中立無規定事項」とも訳される（ジョン・ミルトン『離婚の教理と規律』新井明、他訳［未来社、一九九八年］十九頁、二八頁［注二五］参照）。

（2）一六〇四年の教会法 (Canons Ecclesiastical) 第五九条参照。

（3）良心の問題 (cases of conscience)、もう少し解説的な訳語だと、「良心に照らして解決すべき実生活上の道義的問題」となる。ハーバートが示す具体例からも判るとおり、日常生活での個々の行為が、倫理的な慣例や聖書の規範および教会法に照らして、道徳的な善悪が判定される。事例神学 (case divinity) ともいうべきこの種の決疑論 (casuistry) は、イギリスでは十六世紀終わりから十七世紀にかけて、プロテスタント、特にピューリタンの間で盛んに論じられた (*A Christian Directory*, vol. 1 of *The Practical Works of Richard Baxter* [1846; rpt. Morgan, PA: Soli Deo Gloria, 2000]; Cf. Camille Wells Slights, *The Casuistical Tradition in Shakespeare, Donne, Herbert, and Milton* [New Jersey: Princeton UP, 1981], esp. pp. 3-4, pp. 183-85)。

（4）「利子について」、『ベーコン随想集』渡辺義雄訳（岩波文庫、一九八三年）所収、一八一―一八六頁参照。

第六章　祈りを捧げる牧師

田舎牧師は、礼拝の式を始めるにあたり、できる限り恭しい態度をとり、心を高揚させ、手や目線を上げ、その他の所作を用いながら、心のこもった偽りのない信仰を表すべきである。実際に執り行なうときは、はじめに神の威厳に心打たれ驚嘆しているかのように、自分の身を神に献《ささ》げる。その様はさしずめ、それも牧師ひとりだけではなく、一緒に会衆全員の身を献げ、その場で彼らの罪を担い、自身の罪と一緒に天上の祭壇にまで持って行き、キリストの血の聖なる洗礼盤に浸し洗い清めるかのようである。次に、牧師はこれが心の中に感じられる畏怖の本当の理由であるかのように、自ら進んで力の限りを尽くし外面に出し、それを表現する。最初に感動した者こそが、周囲の者を感動させることができる。そして、祈りに来ているのに崇敬の念を忘れている人にとっては、どんなに素晴らしい説教も、祈りの最中の敬虔な姿ほどには効果がないと知るべきだ。したがって、牧師の声は控えめで、話す言葉は明瞭でゆっくりである方がよい。だが、声を出している間に、司式者の情熱が喉につかえ消えてしまうほど緩慢ではならず、畏怖と熱意の間、活き活きとしているが重々しく、間を取るが緊迫した感じで礼拝を行なうべきである。さらに、牧師は会衆に礼拝式における身の処し方について何度も指導しているが、自ら率先垂範して、できる限り恭しい態度を強要する。したがって、決して私語をしたり、居眠りしたり、傍観したり、もたれかかったり、中途半端に跪《ひざまず》くようなふざけた行為を許してはならず、彼らが座っていようと立っていようと跪いていようと、まっすぐしっかりとした姿勢で、教会内で行なわれることにしっかり耳を傾けさせるべきである。大人も子供もすべてが「アーメン」の詞《ことば》とともに、その他すべての唱和用の短句に応えなければならない。その応唱に応えるのも、また牧師と会衆の役割でもある。そして、それらの交唱は早口でぞんざいであってはならず、欠伸をし、頭を掻きながら行なってもならない。ましてや、唱えている最中に唾を吐いてはならず、文言の意味を考えながら、優雅に思慮深く唱える。そうすれば、「創世の時のように[1]（後略）」と復唱している間、現在と同様、かつても神を称える民がいたし、これから先も永遠に神を称える民がいると深く考えるようになる。そして、他の応唱においても同様のことが言える。これこそ、使徒―パウロ―が命名する為すべき礼拝であり（ロマ十二[2]）、そのような礼拝のとき、我々は理由もなく鸚鵡のように声を出さず、理性がないからといって古代よりの慣習として動物を生け贄にせずに、理性を用いそれを賦与してくださった方への礼拝に力を尽くす。もし教区内に、近隣の貧しい人々を引き連れ、礼拝の開始時刻に参集せず式の途中で入場するのを特権と考えているジェントリー階級の者がいたら[3]、その行為は彼ら自身の損失であるばかりか、彼らが入ってくるのを凝視し、そのため礼拝を中断する者にとっても損失となる。したがって、牧師は彼らの行為を黙認せずに、何度かやさしく忠告をする。そのあとでも続くなら、教区委員による告発に踏み切る。あるいは、たとえこの世が滅んでも、[4]貧しい教区委員は自分たちの義務を果たすべきであり、また牧師からもそのように指導されているにもかかわらず、上流階級の地位を怖れ躊躇するなら、牧師は自ら彼らを告発しなければならない。その言い訳として、悪意でしているのではなくて、牧師の義務と職務は人ではなく神に仕えることであると言明すればよい。

（1）引用文は祈禱書所収の「朝の祈り」（“Morning Prayer”）や「夕の祈り」（“Evening Prayer”）で随所に用いられる文言。全文は、“Glory be to the father, and to the sonne: and to the holy Ghoste. As it was in the beginning, is nowe, and ever shalbe. Worlde without ende. Amen” (underlines mine; BCP, p. 104 and so forth)。なお、エフェ（三・二一）“Unto him *be* glory in the church by Christ Jesus throughout all ages, world without end. Amen” (underline mine; AV) 参照。

（2）「自分の体を神に喜ばれる聖なる生けるいけにえとして献げなさい。これこそ、あなたがたのなすべき礼拝です」ロマ（十二・一、傍線筆者）。

（３）「教会の袖廊」（六九連）には、「説教には頻繁に、だが祈りにはさらにもっと頻繁に通いなさい。／祈りは説教の目標であるから。衣装を身に付けたら／片方の留め針のために、出かけるのを遅らせてはならない。無論、その留め針のため、／世界をいくつも失ってしまう」（四〇九―十二行）とある。また、『異国風俚諺集』（七一番）には、「祈りが終わったころに、ようやくご婦人の出番が来る」と仕度に手間取り遅刻する常態を揶揄する。

（４）"but even to let the world sinke" の訳語。「たとえどんなことになったとしても」というぐらいの意味。本訳書第二十九章で教区委員の義務と役目とがさらに詳しく扱われるが、その最終行でも同じ語句が使用される。トマス・ブラウンの『医者の宗教』（二巻十一節）に同種の表現がある。"... if I say I am happy as any, *Ruat coelum Fiat voluntas tua* [Though the heavens fall, thy will be done], salveth all; so that whatever happens, it is but what our daily prayers desire" (Sir Thomas Browne, *Religio Medici*, in *The Major Works*, ed. C. A. Patrides [London: Penguin, 1984], underline mine, pp. 153-54)。

第七章　説教する牧師

田舎牧師は常に説教をする。説教壇は喜びの源泉であり、玉座でもある。もしあるとき一時中断するとしたら、それは健康がすぐれないか、あるいはある大きな祝祭の準備のためであり、後者であればその分だけ見事に行事を行なうことができる。また、あるいは聞き手の目先を変えるためで、牧師が戻ってきたとき、熱心に耳を傾けるようにとの配慮である。実際、中断するとなると、これまでの足跡を辿り、自分が築いてきたことを損なうことのない有能な人物に代わってもらうとよい。牧師はまたその人物に、これまで何度か促したが首尾よくいかなかった点を推し進めてくれるように請うべきである。そうすれば、二人ないし三人の証人の口によって、真実がより確定されるであろう。(1) 説教をする際、牧師はありとあらゆる技巧を凝らして、聞き手の耳目を集める。技巧のひとつは熱心な話し方である。熱意があるところには、耳を傾ける価値があると考えるのは当然である。もうひとつは、絶えずこまめに聴衆に目を向けることである。そうすれば聴衆のだれが注目していて、だれがしていないかを見守っていることを知らせられる。聴衆の的を、ある時には若者にそして年輩者に、またある時は貧しい者や富める者に定めることが肝腎である。この話はあなたに、また別の話はだれかにという塩梅に。的を絞って話をすれば、全体に向けて話すより、聞き手の心の琴線に触れ、眠くならなくて済む。説教に、牧師はまた、神罰を利用すべきである。古《いにしえ》の時代の神罰だけではなく、特に最近のものまで、なかでも一番有効なのは、教区のすぐ近くで下った神罰である。人々はそのような話には関心が強く、神が近くにいたり、頭の真上にいたりすると、興味を持たざるを得ない。時に牧師は、自分で編纂した聖句のある箇所をきっかけに、物語を語り世間の俚諺《りげん》を引用すべきである。人は告諭よりも物語や俚諺に心惹かれ忘れない。告諭は、たとえ真面目に為なされたとしても、特に田舎の人々は、説教と同じで忘れ去ってしまう。なぜなら、熱狂・熱中の点にまで高揚させるのが極めて難しく、心に火を点じるには山ほど炎が必要であるから。だが、物語や俚諺ならよく頭に残る。また、牧師は、説教が危険なものであること、つまりだれしも教会に入ってきたのと同じようには出ていけず、善くなっているか悪くなっているかそのどちらかであること、だれしも神の裁きの場では言葉を慎むべきであること、そして神の御言葉が我々を裁くことを、よく言って聞かせなくてはならない。[2] このような方策や他の方策を使って、牧師は聴衆の耳目を引く。しかし、牧師が行なう説教の特質は神聖である。機知に富んでいて、学識があり、言葉巧みというのではなくて、神聖であればよい。**ヘルモゲネス**[3]が夢想だにしなかった特質で、故に彼はそれに関する前例を残すことはなかった。しかし、神聖さは、第一に、論争ではなく信仰の聖句、即ち聖書の中に満ち溢れている恍惚とさせるような感動的な聖句を選ぶことによって獲得される。第二に、言葉と文章を口に出して言うまえに、心の中に浸し熟成させることによって獲得される。牧師は言いたいことすべてを真に身に感じ、心の奥底から表現する。そうすれば、聴衆は牧師の言葉すべてが深く心に根ざしたものであることをはっきりと認めることができる。第三に、しばしば神の方を向き、何度も神に呼びかけることにより獲得される。例えば、ああ、主よ、我が民を祝福し、この点を彼らに教えてくださいとか、ああ、我が主よ、私はあなたの遣いとなりますが、私を黙らせてあなた自身が語ってください、という塩梅に。あなたは愛の神で、あなたが教えればすべての者は学者になる。説教の中にちりばめられた、そのような輝くばかりの神への呼びかけがあれば、大いに神聖さが加わる。預言者たちは、この点において見事である。イザヤ書六四章〔一節〕（六三章十九節）で、「どうか、天を裂いて降ってください（後略）」と呼びかける。**エレミア**書十章〔二三節〕では、**エレミア**は**イスラエル**の荒廃を嘆いたあと、突然神の方を向き、「主よ、わたしは知っています。人はその道を定めえず（後略）」と言う。第四に、何度も人々の幸福を願い、それを喜びとすることによって、神聖さは獲得される。たとえ牧師自身は聖**パウロ**とともに、人々を信仰に導く勤めで犠牲になったとしても。というのは、他人が幸福になるのを手伝い、それを自分の喜びとすることほど、神聖さを見事に示す徴表はないから。その点に聖**パウロ**は、彼が残した諸書簡からすると、秀でていた。なんと彼は、ローマの信徒全員のことを祈っていた、ロマ（一・九）。また、絶えずエフェソの信徒のことを神に感謝していた、エフェ（一・十六）。また、コリントの信徒に対しても同様であった、「一」コリ（一・四）。また、フィリピの信徒のために喜びをもって祈っていた、フィリ（一・四）。さらに、彼は生きるべきか死ぬべきか、つまり彼らとともにあるべきかキリストとともにあるべきか、と板挟みの状態になった、フィリ（同・二三）。死んでキリストのもとに行くことは、信徒たちの世話を放棄することになり、容易には判断できない事柄であった。コリントの信徒への手紙（二）は、なんと素晴らしい手紙であろうか。なんと情愛に満ち溢れていることか。彼は喜び、気の毒に思い、悲しみ、そして歓ぶ（誇りとする）。聖都**エルサレム**のために、最初は涙を、そのあと血を流した、あの偉大なる羊飼い「イエス」を除いて、そのような配慮が信徒に示されたことは一度もなかった。それ故に、この思いやりを諸の手紙の中で学び、説教の中に織り込むとよい。そうすることで、人々に崇敬の念と神聖さが芽生える。最後に、次のような、あるいはそのような文言で、神の存在と威厳を何度も力説することによって、神聖さが獲得される。自分の行ないに気を付けよう、神は我々の行動を見ている。私が話すべきように話しているのか、あなたが聞くべきように聞いているのか、神は見ている。神は、我々が顔を見るように心を見る。神は我々の間にいる。というのは、もし我々がここにいるなら、神はここにいなければならない。なぜなら、我々は神によってここにいるのだから。神がいなければ、我々はここにいることはできない。このあと、話題を神に向けなさい。

神は偉大で恐ろしく、憐れみも大きければ、罰も大きい。すべてを食い尽くす元素は、火と水のふたつしかないが、神はその両方とも持っている。「神の声は大水のとどろきのようであった」ヨハネの黙示録〔一・十五〕。神自身は「焼き尽くす火です」ヘブライ人への手紙〔十二・二九〕。このような説話は、とても神聖であることの証左となる。牧師の聖句の扱い方は、次のふたつから成る。はじめに、聖句の意味をはっきりと明確に告知することである。次に、文言を聖句全体から、それも聖書それ自体の中で分断せず完全な形のまま選りすぐることである。牧師はこれを、自然で、甘美で、荘重であると考える。それに対し、聖句を小さな断片に分割するもうひとつのやり方は、例えば、話し手や聞き手、そして主体と客体とを切り離すなどのやり方は、甘美さや荘重さが失われ、話題の変化に富むこともない。なぜなら、連結を失った言葉は、聖書ではなくて辞書であるから。また、聖書全体においても、同様と考えられる。牧師は説教するのに一時間を超えてはならない。というのも、あらゆる世代の人々はそれを我慢の限界であると考えたし、その時間内に得るものがない人は、時間を延長しても無駄で、これまでに得るものがなかったというその気持ちで疲弊し、その結果、不愉快を通り越して嫌悪を感じてしまうから。

（1）コリントの信徒への手紙〔二〕（十三章一節）「二人ないし三人の証人の口によって〔すべての

言葉が一確定されるべきです。」

（２）「教会の袖廊」（七一連）には、「身の処し方にはくれぐれも気をつけ給え／教会は我らに天国とも地獄ともなるゆえ」（四二五―二六行）とある。

（３）紀元二世紀頃の弁論術の大家。聖パウロの生地、タルソス出身。

第八章　日曜日の牧師

田舎牧師は日曜の朝、目が覚めるとすぐ仕事に取りかかる。その様は市が開かれる日の商人、あるいは顧客がいつものようにやって来た時の店主のようである。牧師の頭の中は、一日をできる限り利用し、最大の収穫を得られるように工夫することで一杯である。このため通常の祈りの他、その日の業務がうまくいくようにと、特別な祈りを捧げる。牧師が身を献げることになる神、その神の威厳を損なうようなことは何も彼の身には起こらず、すべてが神の栄光のため崇敬の念とともに、また教区民を啓発する意図とともになされるように祈る。それも、どのように、またいつ如何なる時に、主が牧師を罰することがあったとしても、それが牧師職に対してでないことを神にへりくだって懇願しながら。それから、牧師は神の方を向き、教区民のために、彼ら全員の罪が神によって快く清められるように、また彼らが清らかな心と畏敬の念をもって会合に集うように、さらにまだ十分に心の準備が整わず参集する人すべてが善なる神によって赦されるように請い求める。このことが終わったあと、牧師はその日の職務について思いを巡らせ、もし通常の活動のほか、異例のこと、例えば子供が産まれたとか死んだとか、季節の行事に国事や神事が生じたとすれば、またその他、偶発的な出来事が起こったとすれば、どのように、どんな仕方で対処したら一番よい結果になるだろうかと考える。そのあと、時間になれば家族を従えて教会堂に行き、[1] 一歩足を踏み入れたなら、「謙虚な気持ちで万能の神の見えざる威厳と顕現を崇敬・崇拝し、」集った人々を心の中で、あるいは口に出して祝福する。それから、二度礼拝を通しで行ない、午前中に説教をし、午後に教義問答をすれば、哀れで弱き者としては、ある程度、会衆のため公けの職務を全うしたと考える。残りの時間を、いがみ合いをしている近隣の者を仲裁し、病気の者を見舞い、説教が心に達しない、あるいは心動かすことのない何人かの教区民に告諭をして過ごす。我々が出向いて、「その男はあなただ[2]」と言えば、だれしも何にもまして目が覚める思いがする。この方法が牧師にはとても有用で魅力的だと感じられる。そして、これらの告諭をお手許金と呼ぶ。君主が公の支出の他に、私的に使うお金があるのと全く同じである。夜になると、牧師はその時間をその日の喜びに充てるのにとても相応しい時間帯であり、また公務に阻まれることもなく、近隣の者をもてなしたり逆にもてなされたりするのに相応しい時間帯であると考える。そのような歓待の場であれば、「牧師は、益があり、しかも心地よい事柄を話題にして、我が国とその教会に対する神の偉大な恩恵、つまり教会は秩序が保たれ、国は平和が保たれるという天恵を、公の聖務日課で妨げられ中断されずに近隣の者に理解してもらえ、しかも彼らの心を高揚させる機会が得られる。」牧師は一日を祈りから始めたが、それと同じように、次のような祈りで、その日を終える。つまり、全能の神に、謙虚な気持ちで我らの拙い祈りを赦してもらい受け入れてくれるよう懇願するとともに、我々が祈ることで成長し、我々の足が牝鹿《めじか》の足のように、[3]絶えず神の許へますます高く駆け上がっていくことができますように、また祈り方が上手になりますように懇願する。

（1）ケンブリッジ時代からの友人ニコラス・フェラーが『聖堂』に付した序文「出版者から読者に」によると、ハーバートは私的な祈禱のほか、毎朝毎晩、家族と一緒に教会堂に足を運ぶことで、自ら手本を示し教区民に参列を促したという (Hutchinson, p. 4)。また、ウォルトンの伝記によると、日に二度、決まって十時と四時に妻や姪とともに（便宜的礼拝堂の如き）教会堂に姿を現したという (Isaak Walton, *The Lives of John Donne, Sir Henry Wotton, Richard Hooker, George Herbert and Robert Sanderson*, ed. George Saintsbury [London: Oxford UP, 1927], p.

302)。

（2）サムエル記［下］（十二・七）。預言者ナタンの言葉。ナタンは喩え話を用い、ダビデが犯した罪、つまりバト・シェバとの姦通およびその夫ウリヤを殺させた罪を暴く。たくさん持てる者が貧者の小羊、それもたった一匹で大切に育て上げている雌の小羊を不当に取り上げたら、その者をどう処罰するかとダビデに問う。ダビデは自分のこととはつゆ知らず、死罪だと答える。ナタンはすかさず、「その男はあなただ」と叱責し、罪を自覚させる。

（3）牝鹿《めじか》は、欽定訳詩篇（十八・三三）や、サム下（二二・三四）によっている。“He maketh my feet like hinds' *feet*, and setteth me upon my high places” (AV). Cf. 2 Samuel, 22:34 (AV). なお、カヴァデイル訳では牡鹿《おじか》となっている。“He maketh my feet like harts feet: and setteth me up on high” (BCP).

第九章　牧師という地位・身分＊

童貞が婚姻より高位にあること、そして聖職が最高で最善のものを要求することを考慮すれば、田舎牧師は妻帯するより独身の方がよい。しかし、本人の気質であり、また教区民の気質であるなら、というのも教区内では女性と接する機会があるかも知れず、しかも疑り深い人々の間や、「そのほか同じような状況を考えれば、」未婚より既婚の方がよい。何度も神に祈りを捧げることにより、自身の置かれた情況を神に伝えさせ、それでも神の恵みが導くのであれば、その者に牧師の職を続けさせるとよい。もし独身で家を構えていたら、家には女中を置かず、食事の支度や他の家事を下男にしてもらい、洗濯は外でしてもらうとよい。もし独身で寄宿しているなら、如何なる女性であれ、ふたりだけで話をしてはならず、聞き手が他に同席しているときだけ許される。それも機会をごく稀にとどめ、そのときも真面目な話し方をし、戯れにおどけてみせたりしてはならない。「自分が疑われ妬まれていることを理解し、あらゆる人との付き合いにおいて、言動や目つきにまで非常に気を遣わなければならない。もし彼が胸に堅固な信念を抱き、無理をして情念を抑えつけたりせずに童貞を通す決意が固まっていれば、(1)断食や祈りで日々を過ごし、禁欲の徳を賜った故に神を称えるであろう。それも、禁欲はもともと、このふたつの方途によって獲得され、その方途のほかに禁欲を保持できる方法はない、と分かっているから。牧師はそれ故、国教会によって定められた断食日や日課の祈りを遵守するだけでは十分とは考えず、しかもそれらの定めを謙虚な心で服従し守るが、さらにそれらに付け加えて、信仰のため自ら進んで断食の日数と祈りの時間を増やす。そしてこのような断食や祈りによって、彼は自身の身体を従順に役立つように健康な状態に、そして魂を鷲のように熱烈に活動的に若く元気な状態に保つことができる。牧師は、キリスト教初期の修道士や隠修士そして修道女の伝記を読むとしばしばであるが、彼らに余儀なくされた受難や皇帝の迫害による殉教よりも（事実、それらはとても称讃に値するが）、平和と繁栄の時代に為された日々の節制、精進、不寝の礼拝、絶えざる祈りや苦行に驚嘆する。主イエスの心の奥底に根差す謙遜や厳格な節制、そしてそのような類の他の模範的な徳を一緒に身にまとい、順風満帆の日中にそれらの徳を保ち続けることは、迫害と逆境の身も凍るよな嵐の真夜中に不屈の忍耐とキリスト教徒の堅忍の徳とを身に帯びることに劣らず必要であり、すくなくとも果たすのが困難であると認めるべきである。牧師の地位や身分に本有的《ほんゆう》で付き物の誘惑に対して、昼夜警戒する。その誘惑とは、主にふたつある。つまり、心の驕慢と不浄である。これら心の敵に対して、腰に帯を締め[2]、想像力が誤った方向に働かないようにし、神の武具を身に着けなければならない[3]。そして効験あらたかな信仰の盾[4]を手にすれば、暗黒の中を行く疫病[5]（肉の不浄）や真昼に襲う病魔[6]（心の驕慢と自惚れ）をも恐れぬに足らない。また死に至らしめる敵と同じように、時に心を乱す他の誘惑もある。というのは、人の魂は知覚の力の中で縛られ抑制されると、知性の力の中で幾分常軌を逸するから。もともと人に具わる悪欲は心の内や外に絶えず向かう誘惑であるため、とても活発な欲望であり、常に禍などを企んでいるか、さもなければ犯行に及んでいる。野心、つまり住居と必要な食糧にかこつけて、高い地位・身分への昇進を時期尚早に望むことは、上流階級の男性、特に独身の男性に共通した誘惑である。非常に思弁的で実りのない問題を詮索する好奇心は、神学を学ぶ者にはもうひとつの大きなつまずきの石となる。[7]これらの、そしてその他多くの天にいる悪の諸霊[8]を、牧師は怖れるかあるいは体験する、もしくはその両方をしなければならない。しかも、独身者であれば妻帯者よりも、さらにもっと多い。通常、誘惑の波浪は向きを変えて、貪欲、快楽、安逸、あるいはそのようなものに姿を変える。もし牧師が未婚であり、童貞を通すつもりなら、少なくとも今述べたような経験をする。」もし牧師が結婚するなら、その妻は目ではなくて、耳で選ばなくてはならない。[9]情愛ではなく判断力があれば、自分に相応しい妻を見出せよう。彼女の謙虚で物惜しみしない気質を、美貌や財産あるいは生まれの良さよりも優先すべきである。「(女性を天国に導く神の善き道具である）賢明で愛情深い夫には、謙虚さからは信仰、忍耐、柔和、愛、服従などあらゆる特別な美徳をも作り出すことができ、物惜しみのなさからは、妻をあらゆる善行において実り多きものとすることができると、解っている。」牧師はあらゆる事柄において公平であり、それと同じように妻に対しても公平である。妻に不公平になるくらいなら、如何なる物も自分のものとは見なさない。それ故、召使いや他人の面前で妻を敬う。妻に少なくとも家の半分を治める権限を与え、本人の気晴らし程度の家政を確保するとよい。だからといって、支配権を譲渡してはならず、時には家の状況を把握し、決算報告のやり方ではないが、説明を求める。そして、この報告は、妻の思慮・分別に満足している程度に合わせて、頻繁にあるいは稀に求めるとよい。

＊　この章の原題は、"Parson's state of Life" である。「生活の様子」というより、宗教的な文脈における「職業、地位、身分」のことである。章の冒頭で開陳される、聖職者の妻帯を容認するハーバートの立場は、［一］コリ（七章）「結婚について」を踏まえたものである。また、当時の英国国教会の規定（『三十九箇条』第三二章）では、聖職者が妻帯するかどうかは本人の意思に委ねられていた。

（1）［一］コリ（七・三七）。欽定訳では、"... [he that] hath so decreed in his heart that <u>he will keep his virgin</u>" (underline mine, AV) となっている。ハーバートはこれを改め、「童貞を通す決意を固める」("*he will keep himself a virgin*") とした。

（2）「腰に帯を締め」（"he girdeth up his loynes"）の由来は、出エジプト記（十二・十一）「腰帯を締め」（"with your loins girded," AV）、およびエフェ（六・十四）「真理を帯として腰に締め」（"having your loins girt about with truth," AV）である。

（3）エフェ（六・十一、十三）「神の武具を身に着ける」（"puts on the whole Armour of God," AV）具足一式（"panoply" / *panoplia*）を身に付けた完全武装を意味する。

（4）エフェ（六・十六）「信仰の盾」（"the shield of faith," AV）。なお、キリスト教の信者を戦士や騎士に、また教会の組織を軍隊になぞらえる隠喩については、J・ヘルジランド、他『古代のキリスト教徒と軍隊』小坂康治訳（教文館、一九八八年）四一—五〇頁参照。

（5）詩篇（九一・六）。欽定訳、カヴァデイル訳ともに、「暗黒の中を行く疫病」"the psestilence that walketh in darkness"（AV ; BCP）となっている。

（6）右同。「真昼に襲う病魔」（"the sickness that destroyeth at noonday"）は、カヴァデイル訳では、". . . in the noon-day"（BCP）とそして欽定訳では、"the destruction that wasteth at noonday"（AV）となっている。

（7）ロマ（十四・十三）「つまずきとなるもの」（"stumblingblock," AV）。

（8）エフェ（六・十二）「天にいる悪の諸霊」（"spiritual wickedness in high *places*," AV）。

（9）ハーバート自身は一六二九年三月五日、三六歳になる直前、ジェーン・ダンヴァーズと結婚した。旧約聖書の箴言には、「有能な妻は夫の冠、恥をもたらす妻は夫の骨の腐れ」（十二・四）とあり、ハーバートはおそらくこれを踏まえて、「腐れ（恥をもたらす妻）の方が喜びが多いというなら、天国はほど遠い」（「教会の袖廊」三連／十八行）と述べている。彼の妻選びと結婚生活は、ウォルトンのハーバート伝に詳しく描かれている（Walton, pp. 286ff and p. 306)。

第十章　家庭内の牧師

田舎牧師は教区の手本とも模範ともなるように、自分の家庭をとても厳しく治めなければならない。したがって、家族全員の感情や気質を熟知し、家族の悪徳には応戦し、美徳は助長する。牧師の妻は信心深いか、そうでなければ日夜つとめて信仰心を持つように説得すべきである。世間一般の素養の代わりに、次の三つを妻に求めればよい。第一に、子供と女中を祈りや教義問答そしてあらゆる宗教的務めで教育し、神を畏れ敬うようにすること。第二に、自らの手ですべての傷を治し、その痛みを癒すこと。しかも、その術はすでに身に付けているか、そうでなければ近隣の敬虔な信者から学ぶように手配する。第三に、家族の者がひもじい思いをすることがないように日々の糧を用意し、また、夫が借金に苦しむことがないようにすることである。牧師は子供を、まずキリスト教の信者に、そのあと善良な市民にする。前者は天国に、後者は現世に果たす義務があり、その両方の為になることをしなければ、それらを手にする資格がない。それ故、子供をあらゆる敬虔な行為、つまり祈りの言葉や読書だけではなく、病気の他の子供を見舞い、彼らが負った傷を手当てし、親の持ち物を貧しい人に自分たちの手で施し、時には身銭を切って少額のお金を与えるなどの行為で教育する。そうすれば、子供はその行為に喜びを見出し、やがて神の恩寵名簿に加えてもらえる。神は子供の行為でさえ秤にかけ吟味する（列王記［上］十四章十二節・十三節）。そのあと、牧師はすべての子供の気質を職業に合うように気を配り、長子といえども免除してはならない。とはいえ、たまさか他の子供たちを聖職者にするだけの資力がなければ、父親の聖職を継ぐ優先権を長子に与える。さらに、（そうするのが相応しいと考え）子供を年季奉公に出すとき、無益な仕事や父親の聖職の名誉を汚す職に就かないように気を配る。例えば、男では居酒屋、女ではレース作りなど。なぜなら、このような職は大体この世の悪徳と虚栄にしか役立たず、それを増長せずに否定しなければならないから。しかしながら、子供に蓄えを残そうと考えて、目下の施しの善行を怠ろうなどと夢にも思ってはならず、このように神に貸し付けたお金は、ロンドン市の収入役に預けるよりも[1]、子供に有利な投資になると確信すべきだ。善行と立派な養育、このふたつは子供にとって大きな財産となる。もし神により、善行と養育にかかる以上のものを受け取っており、それを使い果たしていないなら、神に感謝し、その目的を知り、他人に分け与えるべきである。召使い全員が信心深く、召使いをそのように仕込む責務がないのであれば、儲け物である。というのは、信心深い召使いほどよく仕えてくれる者はなく、彼らは最善を尽くし、その行為は神聖で、悪いところがないから。信仰の次に、次の三つの徳で召使いの鑑ができると教えてあげるとよい。それはつまり、正直と勤勉それに清楚あるいは清潔の三つの徳である。文字を読める召使いには読書の時間を与え、読めない者には読み方を教える。牧師の家では、家族の者全員が教師か学生かのどちらかである。そうでなければその両方で、したがって彼の家庭は宗教学校であり、家族の者すべては無学の者を教えるのが最大の施しであると考えるべきだ。壁でさえ、そこに何かを書き付けたり描いたりすれば、それを見る人に信仰心を呼び覚まし無為な存在にはならない。特に、詩篇（一〇一番）が立派な銘板に刻まれれば、家族の指針となる。そして、家族の者が外出し近隣の人々と交流するとき、牧師の妻は為になる話を他の者より先に始めなくてはならず、子供も召使いもまた同様である。したがって、音楽の技巧に長けた者の家では家族全員が音楽家であるように、そのように説教家の家でも、家族全員が説教家である。(2) 牧師は家庭内で、決して嘘や二枚舌を黙認してはならず、すべてにおいて率直で隠し事をしないことが家庭を治める極意であり秘訣であると考える。したがって、家族の者すべては告白より他に犯した罪を救済する術はない、と知るべきである。牧師は**自身**でもあるいはその**妻**も、去年と今年の説教を較べながら、人々にどれくらい有益になったのかを考える。家庭内での通常の祈りのほか、家族全員に夜寝るまえと朝目覚めたときに、独りで祈るよう厳しく求める。どのような祈りの言葉を唱えているかを知り、それを習得し終わるまで、そばにいて見届ける。なぜなら、この家庭内の祈りは、他の場所で求められる祈りよりも自発的な行為であり、家族と離れたときも独りで行なうものであるから。牧師は召使いを、彼らの情況に合わせて、愛と畏れを用い、一般的には次のような区分を設ける。子供には畏れよりも愛を、召使いには愛よりも畏れを示す。しかし、年老いた善良な召使いは、子供のように扱うべきである。牧師の家に備え付ける家具はとても質素だが、清潔で疵《きず》ひとつなく、庭に咲く草花が醸し出すのと同じくらい、芳香を放つべきだ。というのは、慈善活動が唯一の香りづけであり、節約できるのであれば無駄なものにかけるお金がないから。食事は質素でありふれたものだが、身体に良く、たとえ量が少なくても、美味なものを選ぶ。食材の大半は羊肉、牛肉、それに子牛の肉で、特別な日や来客があって何か料理を付け加えるとすれば、菜園か果樹園か、そうでなければ納屋か裏庭から採取すればよい。牧師は俗世間にどっぷりと浸らないように、宴席に足繁く通ってはならず、他人に節制を説く者が度を超すのはばかげていると考える。しかし、牧師は自分の家庭が生み出すもの、安くて手に入りやすいもの、そうしなければ失われてしまうものを、たとえそれが再利用で生じるものであっても、それらを拒んではならない。その点で牧師は、この世の偉大な家長である神の驚くべき摂理と節倹《せっけん》を称え模倣する。そのままの状態では人間には役立たないものがふたつある。ひとつは、パン屑や落ち穂のような小さな穀物である。もうひとつは、地面に落ちて汚れた残飯などである。神はその両方のために生き物をお創りになった。前者には家禽を、後者には豚を。これら動物のお陰で、人間は手間が省ける。家禽や豚はその両方の種類の餌を食べ、人間ができないことや人間に相応しくないことを代わりにやってくれる。また、成長して食卓を飾り、あたかも自分たちから人間のために食餌を準備するかのようだ。その牧師は家庭内で断食日を遵守する。特に、日曜が喜びの日であるように、金曜は屈従の日である。その日を食事だけではなく、人との付き合いや娯楽、そして身体で感じる満足すべてを慎み、さらに罪を告白し、あらゆる節制をして称える。ところで、断食日には、果たすべき掟が三つある。ひとつ目は、他の日よりも食べる量を減らすことである。ふたつ目は、イスラエル人が苦菜を食べたように(3)、美味くて滋養に富むものを食べないことである。三つ目は、肉を食べないことである。最後のものは、二番目の掟に教会が定めた付則に過ぎない。前者ふたつの掟は、三番目で最後のものより、真の断食には不可欠である。断食は、教会の介入がなければ、前者ふたつを遵守することで、無事に全うされていた。したがって、食べる量を少なくし、しかも不味いものであれば、たとえ肉食であったとしても、断食の元来の掟に適っている。というのは、聖書に記されている断食は我々の魂を苦しめることであるから。仮に食卓に一片の乾燥肉があり、それが魚よりも不快な思いをさせるのであれば、魚の代わりに肉を食べても、断食を守ることになるのは至極当然である。そして、肉食の禁止は温暖の地に由来することは明らかである。温暖の地では、肉だけを食べても寒冷地より滋養となり易いが、ワインを一緒に飲めばなおさらである。そのような温暖の地では、他のところより肉食が差し控えられても何ら問題もなく身に危険がない。一方、飲み物が冷たく、国民の気質が粘液質であるところでは、肉食はその両方の解毒剤となる。脆弱な胃袋の持ち主は、魚や根菜などを食べている時よりも、肉を食べている時に、ビールを一口飲むのを我慢した方が断食に相応しい。そのことは、唾や涎《よだれ》が出るという症状によって明白となる。[4] 結論として言えば、牧師は全く健康な状態にあれば、魚や根菜を食べ、しかも量は少なく不味いものを食べれば、三つの掟を遵守することになる。もし身体が弱く便秘症なら、[5]たいてい学者がそうであるが、最後の掟を守らなくてもよい。[6]ましてや家族にそういう者がいたら、その掟は堪忍して、前者ふたつだけを守らせればよい。その上、(肺結核のような)消耗性の病気であれば、[7]肉食禁止の掟を破ってもよい。というのも、人間のために肉がつくられたのであって、肉のために人間が創られたのではないから。[8] これにさらに付言すると、それも掟破りの者を鼓舞するためではなくて、病人を勇気づけるためであるが、病人だけではなくて、病弱の者もこれらの掟を守らなくてよい。病身の私が、病気になると判っていることをするのは、病気に罹っているのに食餌療法で治そうとしないのと、同じくらい不合理なことである。ひとつはっきりとしていることがある。イギリス人と学者はともに便通の悪い体質で、食べ物で医薬とならないものは何もなく、したがって、適量の肉を食べれば便通をあまり妨げず、逆に肉を食べ過ぎると便通の障りとなる。[9] たいてい便秘が原因で病気になる。

（1）市の収入役事務室は当時、お金の安全な預け場所であった。イングランド銀行が設立されるのは、一六九四年である。

（2）『異国風俚諺集』（一二三番）「ヴァイオリン弾きの家庭では、全員がヴァイオリンを弾く」参照。

（3）出（十二・八）「また、酵母を入れないパンを苦菜を添えて食べる」("... unleavened bread; *and* with bitter *herbs* they shall eat it," AV)。

（4）「四旬節」("Lent") と題する詩では、涎は節制の対極にあり、断食には相応しくない過食の徴候として取り上げられる。「一方、満腹になると、汚らしい酒気が立ち、／おくびが酸っぱくなり、汚い涎が出て、／口腹の悦びを責め立てる」（一二一―一二四行）。

（5）obstructed の訳語。このあとも、obstruct, obstruction が出てくる。「詰まり」「閉塞」のこ

（6）と。腸管の場合、「便秘」。十七世紀も終わりに近づいたころ、ジョン・ロックは便秘を書物に治癒法の記載がなく、研究に値する病気だと明言する。（服部知文訳『教育に関する考察』［岩波文庫、一九九二年］三九―四三頁）また、血管の場合、「血の淀み」。シェイクスピアにある。「これでは血が淀みます、この十文字の靴下留めでは」（小津次郎訳『十二夜』［岩波文庫、一九八三年］八五頁）、「そして生命の源たる血管を詰まらせる血栓を取り除く」（中野好夫訳『ヘンリー四世』第二部［岩波文庫、一九八三年］一一四頁）なお、血液循環説が発表されたのは、ハーバートが牧師に叙品される二年前の一六二八年であった。（ハーヴェイ『動物の心臓ならびに血液の運動に関する解剖学的研究』暉峻義等訳［岩波文庫、二〇〇二年］）。

ハーバートは学生の頃、病気がちで、特に瘧《おこり》に見舞われることがあった。おそらく、ケンブリッジの風土が健康に良くなかったらしい。継父ジョン・ダンヴァーズに宛てた一六一八年三月十八日の手紙によると、ハーバート自身病身のため断食の掟を破っていた。「この前の休暇から病気で、まだ治っていません。［中略］この四旬節の間、私は魚を食べることを全面的に禁止されていますので、仕方なく自腹を切り自分の部屋で食餌療法を行なっています。ご存知のように、大学の食堂では、出される食事といえば、魚と白身の肉（鶏肉）だけですから」(Hutchinson, pp. 364-65)。カトリックの内部からの改革者として知られるエラスムスも、厳格に断食を守ることには否定的で、『エンキリディオン——キリスト教戦士の手引き』やその序文にあたる「フォルツ宛書簡」で、律法に由来するユダヤ的儀式を敬虔な生活と看做す当時の司祭を激しく攻撃した（『エラスムス神学著作集』金子晴勇訳［教文館、二〇一六年］七七頁、二二〇—二二一頁／*Collected Works of Erasmus*, ed. John W. O'Malley, vol. 66 of *Spiritulia: Enchiridion, De Compemptu Mundi and De Vidua Christina* [Toronto: Univesity Press of Toronto], p. 13, p. 23）。

（7）ハーバートは、四〇歳を目前にして、肺結核（consumption）がもとでこの世を去る。

（8）ソクラテスが残したとされる箴言に似た表現がある。「他の人たちは食べるために生きているが、自分は生きるために食べている」（ディオゲネス・ラエルティオス『ギリシア哲学者列伝』加来彰俊訳、全三冊［岩波文庫、一九八四年—一九九四年］、［上］、一四五頁）また、オーブリーによると、ハーバートと親交のあったフランシス・ベイコンは、召使いに次のように言っていたという。「人間のために世界が創られたのであって、世界のために人間が創られたのではない」（*Aubrey's Brief Lives*, p. 10／『名士小伝』一九〇頁）。

（9）一見、赤身の肉（牛肉）を食べれば便秘が緩和されるという誤った考え方を表明しているようだが、ここで重要なことは適量の概念である（Curtis Whitaker, "Herbert's Pastor as Herbalist," in Christopher Hodgkins ed., *George Herbert's Pastoral: New Essays on the Poet and Priest of Bemerton* [Newark: University of Delaware Press, 2010], p. 237)。また、ハーバートがラテン語から重訳した、ヴェネツィア人コルナロ (Luigi Cornaro) の「節制論」("A Treatise of Temperance and Sobrietie," 1558) でも、食べる量を少なくして適量を心がけるよう指南される。「肉と酒は適量であれば、身体に滋養となる」("the meat and drink that is taken in fit measure, give true strength to the bodie. . ." Hutchinson, p. 293)。

第十一章　牧師の親切

田舎牧師は、教区内の貧窮者には慈善を施し、それ以外の人々には親切にする義務がある。貧窮者にはお金を与え、施しが必要ない者には食卓を準備して、分け隔てをする。貧窮者が牧師の食卓に歓迎されないという訳ではなくて、時に牧師は意図的に貧窮者を家に招き、そばに坐らせ肉を切り分けてあげるとよい。そうすることで牧師自身には謙遜《へりくだり》と、貧窮者には慰安となる。それればかりか牧師の親切さが彼らに励みとなる。暮らし向きがよい者には歓待をし、口を糊する者には救済をすることになっており、牧師は貧窮者にはお金を与える方をむしろ選ぶべきである。お金であれば、午餐の時ふんだんに供される食べ物よりも、自分たちの都合に合わせて、困っていることに使うことができる。教区内で何人かを招待したあと、牧師は残りの人にも同じことをする機会を設けるべきだ。したがって、一年を過ぎないうちに、牧師は教区内の全員を招待するとよい。田舎の人々は、そのようなことに目ざとく、招待されなければ嫌われていると思い込んでしまう。そのような思い込みを、牧師はできるだけ避けるべきであり、そのような誤解があるところには、牧師の教えが入り込む余地がないと知るべきである。けれど、暮らし向きがよいと思われる人々を頻繁に招待すべきである。そうすれば、その人々には、これまでの生活を続けようとの励みになる。それ以外の人たちには、同様な歓待を享受できるように、良い暮らしをしようとの励みになる。牧師から見返りを得るためではなく徳のため[1]に、教区民はすべて善良にして徳高く暮らすべきだと田舎牧師は願うけれど、現実にはそうならない。したがって、我々人間はただ神を神であるが故に愛すべきだが、神の方はその無限の憐れみから人間を信仰に導く見返りとして、天国を設定なされた。すくなくともそうすることで、人間が善行を積むのであれば、満足される。そのように、田舎牧師も神の道を熱心に遵守し歩む者であり、名誉や名声そして利得において善行を奨励する機会をできる限り多く設ける。それが最善の方法でなくとも、とにかく管轄の教区をよくすることができるようにと。

（1）「見返りのためではなく徳のために」（"not for any reward of his, but for vertues sake"）類似の表現が、トマス・ブラウンの『医者の宗教』（一巻四七節）にある。「徳はそれ自体が報酬」（"*Ipsa sui pretium virtus sibi* -- that virtue is her own reward," Browne, p. 119）。また、セネカの『幸福な生について』（九章四節）には、「徳それ自体が徳の対価なのである」とある（大西英文訳『生の短さについて　他二篇』［岩波文庫、二〇一〇年］所収、一五二頁）。さらに、オウィディウスの『悲しみの歌』（五巻十四歌）には、「徳がそれ自体求められた報酬であり……」とある（木村健治訳『悲しみの歌／黒海からの手紙』［京都大学学術出版会、一九九八年］一三九頁）。

第十二章　牧師の愛＊

田舎牧師は愛に満ち溢れている。愛こそが本領を発揮する場である。数々の素晴らしいことが、愛という偉大な福徳について言われている。愛には、次の徳が賦与されている。つまり、罪の覆い（ペテロの手紙一〔一〕四・八）、罪の赦し（マタ六・十四、ルカ七・四七）、律法の全う（ロマ十三・十）、信仰の生命（ヤコブの手紙二・二六）、この世の祝福（箴言二二・九、詩篇四一・二）、そして来世の約束（マタ二五・三五〔三四〕）。要するに、愛は宗教の本体であり（ヨハ十三・三五〔三四〕）、キリスト教の数ある福徳の中で筆頭である（〔一〕コリ十三）。それ故、牧師の所行はすべて愛の香りがする。朝起きたとき、その日にどのような善行が為せるのかを考え、即座にそれを実行する。もしその日のうちに、慈善行為ができていなかったら、その一日を無為に過ごしたと考えるべきだ。牧師は第一に、自分の管轄する教区を見渡して、物乞いや怠け者が教区内にひとりとして存在せず、すべての者が生計を立てられるように気を配る。このことを牧師は、生活保護の手当や説諭そして教会の権威によって、つまりすべての教区が独自に維持・運営するのを義務づける、あの素晴らしい法令(1)を利用して成し遂げる。もし自身の教区が裕福であれば、お金持ちから厳しく取り立て、逆にもし貧しく、彼に手腕があれば、貧窮者に税を免除すべきである。しかし、如何なる人にも定期的に生活保護手当を与えてはならない。というのも、それでは時が経つにつれて、神にではないが、貧窮者に対して、愛の名前と効力が失われてしまうから。彼らは借金をする時のように保護手当をあてにし、正当な仕方であっても取り上げられると、不平不満を申し立て、自身の財産を奪われるかのように憔悴する。しかし、牧師には二重の狙いがあり、施しを餌に彼らを常に自分に頼らせるようにする。そして、保護手当を一旦中断して新規に与えることで、それは彼らにとっては予期せぬ出来事であるが、彼自身にとっては予め心に決めていたことであり、彼らはさらに神を称え、より信心深く暮らし、そして仕事にさらに精を出すようになる。だが、彼ら貧窮者に、いつ認定されるかは知らせない方がよい。なぜなら、そうでなければ、それをあてにし、無為徒食に戻ってしまうから。このような一般的な対策の他に、牧師は大きな祝日や聖餐式に、気前よく振る舞う機会を設ける。牧師が人々を歓迎するその日に、その場の喜ばしい雰囲気にぴったりと合った食べ物が足りるかどうか気を付けるべきである。しかし、特に景気が悪いときや飢饉の時には、彼は穀物を即座に分け与え、それ以外の物は格安の値段で売り払うなどして、自分の生活と聖職禄を人々と分かち合わなくてはならない。自分の備蓄が底をついたら、同じように施しができる者たちを奮起させ、説教中であろうとなかろうと絶えず急き立て、目的を達するまでは放免してはならない。だが、牧師はあらゆる慈善活動に励むものの、人々に差異をつけて、最も裕福な者と糊口《ここう》を凌ぐ者や借金まみれの者に、最大の愛を与えるべきである。その愛とは、要するに説教のことである。管轄する教区への配慮を済ませたあと、牧師はもし可能なら、近隣の教区にまで範囲を拡げるべきである。それもある種、牧師の義務である。その行ないは、戸口に立つ人々に手を差し延べるのと同じである。なぜなら、神がそのような人々を牧師の歩むべき道に遣わし、彼の隣人としたのであるから。しかし、このような隣人を証明書なしに救済してはならないが、見た目にも赤貧洗うが如しの場合は別で、それは証明書の代わりになる。これらの証明書は偽造されていることがあるかもしれず、法令はそれらが本物である場合は認めるが、証明書がなければ決して認めないことを考慮すれば、牧師は一方では権威に従い、もう一方では、その状況に納得がいけば黙認する。特に、このふたつの命令のうち、我々は賢人といわれるより、愛の精神があるといわれることの方に喜びを感じる。しかし、外見上明らかに極貧である場合、生来の特権により、如何なる法も適用されない「絶対的な力がある」。彼らが牧師から何か施し物を受けて、感謝の気持ちを表わそうとするのを目にする時はいつでも、牧師は自分のことはさておき、むしろ神を称賛するように強く求める。そうすれば、感謝の念はまっすぐ神を目指し、しかるべき処に納まる。したがって、牧師は施しをするまえ、彼らにまず祈りを、その次に使徒信経そして十戒を唱えさせ、それらが完璧であれば、見返りとしてそれだけ多くものを与えるとよい。これこそが牧師に相応しい施し方といえる。それ以外の施し方は、世俗的であり俗物的である。

＊　アウグスティヌスの『キリスト教の教え』（一巻二三章—二九章）によると、愛の対象は四つあるという。神、己、己の身体そして隣人。自分自身と身体を愛するのは自然なことであり、神と隣人を愛するには、強要する掟が必要であると説く。その根拠となる福音書の文言として、「心を尽くし、精神を尽くし、思いを尽くして、あなたの神である主を愛しなさい。（中略）隣人を自分のように愛しなさい。」マタ（二二・三七—三九）を挙げる。つまり、隣人を愛することで神への愛に収斂されていく愛が、カリタス（"caritas"）である（Augustine, pp. 18-22／邦訳、五一—六一頁）。一説によると、ハーバートは章題とした「愛」（"Charity"）の概念をアウグスティヌスのカリタスに負っているという (Cf. Rosemond Tuve, "George Herbert and Caritas" in *JWCI* 22 [1959] in *Essays by Rosemond Tuve: Spenser, Herbert, Milton*, ed. Thomas P. Roche, Jr. [Princeton: Princeton UP, 1970], pp. 167-206)。

（1）一六〇一年のエリザベス救貧法。教区が地方行政の役目を負う、つまり、教区委員などが監督者となり、貧窮者を働かせるようにするか、働けない者には地方税を免除し、彼らに生活保護のため補助金を与えて救済することを義務づけた。

第十三章　牧師の教会

田舎牧師は、教会堂にあるすべての物が下品ではなく、その名前に相応しく配慮がなされるように、特別な注意を払うべきだ。それ故に、第一に、あらゆる物に手入れが行き届くように管理する。例えば、壁は漆喰を塗り、窓はガラスを填め込み、床は小石を敷き詰め、座席は疵《きず》がなく据わりがよくて滑らかに、特に説教壇、聖書台、聖餐台そして洗礼盤は、それらを用いて執り行なう儀式のために、最高の状態に保たねばならない。第二に、教会堂の掃除をして、塵や蜘蛛の巣を取り払い清潔にする。大きな祝日には、藺草を敷き詰め、木の枝で飾り(1)、お香を焚かなければならない。第三に、教会の至る所に、聖書のしかるべき聖句を描くが、それも鮮やかな色彩やグロテスクな動植物画を伴ってはならず、重々しく落ち着いたものにする。第四に、教会の権威によって指定されたすべての書物を置くが、それも破損していて汚れていてはならず、全冊揃っていて清潔で、しかもしっかりと綴じていなくてはならない。そして、「編み目の細かい麻布製の見事な聖餐台掛けとともに、上質で高価な素材の布から作った見た目にも素晴らしいテーブル・クロスがなくてはならず、しかもそれらを清潔で滑らかな状態に保ち、強固で上品な長持に納めておかねばならない。それとともに、聖餐杯と聖皿の覆い、聖水盤と聖水瓶、寄付や施し用の盥《たらい》を備える。さらにその他、牧師はちょうどよい時に慈善箱を据え付け、篤実な人から寄金を得、病人や貧窮民のため基金として貯めておくとよい。」そして、これらすべてのことを行なう際は、必要に駆られてではなく、あるいは物事に神聖さを加えるためでもなくて、迷信と無頓着の中道を行くことを願い[2]、このような性質の事柄における使徒「パウロ」の偉大で称賛すべきふたつの掟に従う。その最初の掟は、「すべてを適切に、秩序正しく行いなさい」であり、二番目の掟は、「すべてはあなたがたを造り上げるためにすべきです」［「一コリ」（十四［・四〇、二六］）］。このふたつの掟には、我々が神と隣人に対して果たすべき二重の義務が含まれている。最初は神の栄誉を称えるためであり、もうひとつは、隣人の益のためである。したがって、そのふたつの掟は従来の道をすっかり掻き消し、どうでもよい表面的な無関心事においてでさえ、どのような進路を取るべきかを余すところなく精確に示すとともに、聖書が完全ではないと断言する輩に面目を失わせることになる。

（1）原文では、"... and at great festivalls [the Church be] strawed, and stuck with boughs..." とある。"straw" という語は "strew" と同義で、土間に「藺草を敷く」という意味で当時一般的に使用されていた。一方、"stick" の方は、「ある物に何かを刺して飾る」という意味で、"decorate"

と同義。ハーバートの「復活祭」("Easter") と題する詩では、「私は道に敷くために花を手折り、／たくさんの木から枝を切り取りました」（十九—二〇行）とある。ジョン・ストウの『ロンドン概観』には、クリスマスに備えてヒイラギやツタそれに月桂樹などで飾り付けをする風習が描かれている (John Stow, *A Survey of London Written in the Year 1598*, ed. Henry Morley [1598; rpt. Stroud, Gloucestershire: Sutton, 1994], p. 123)。ちなみに、マタ（二一・八）によると、イエスをエルサレムに迎え入れるため、「大勢の群衆が自分の服を道に敷き、また、他の人々は木の枝を切って道に敷いた」とある (Cf. Chana Bloch, *Spelling the Word: George Herbert and Bible* [Berkeley and Los Angeles: University of California Press, 1985], pp. 29-30)。

（2）迷信 (superstition) は、聖水に信を置くなど事物を不合理に神聖視するカトリックを揶揄する言葉として使われている。一方、無頓着 (slovenliness) は、内面の信仰のみ重視し外面的な儀式などに頓着しないカルヴァン派を揶揄する言葉として使われている (Kristine A. Wolberg, *"All Possible Art": George Herbert's The Country Parson* [Teaneck, Nj.: Fairleigh Dickinson UP, 2008], pp. 45-46)。なお、ハーバートはその詩「英国国教会」("The British Church") で、中道を基調とする母なるアングリカン・チャーチを次のように称える。「相応しい装いに身を包んだ素晴らしい相貌は、／みすぼらしくもなく、ましてや華やかすぎることもなく、／どちらが優れているかを示す。／異国風の顔立ちなど較べようがない。／というのは、それらすべては化粧が濃すぎるか、そうでなければ何も身に付けていないかであるから。［中略］だが、愛しい母よ、それらが逸したもの／つまり中道こそが汝の栄えある称賛であり、永久に続く」（七―二七行）。

第十四章　巡回する牧師

田舎牧師は平日の午後、教区内のある地区そしてもうひとつの地区へと、自ら訪問する機会を設ける。そこにこそ、教区民のありのままの姿、物事に耽っている真最中の姿を一番よく見出すことができる。一方、日曜日は、教区民は容易に身も心も繕うことができる。つまり、身支度を整え、心構えをして教会にやってくる。しかし、よくあることだが、翌日には身に着けたその両方の鎧を脱ぎ捨てるものである。牧師はどんな家に行っても、まず祝福して、次にその家の住人が何をしているかを見定め、説話を構成する。もし彼らが信心に励んでいれば、その行為を非常に誉めて、自分が帰ってからさらにお勤めに励むように助長する。もし読書中であれば、良書を与える。もし貧窮者を治療していれば、処方の仕方を教え、そのような治療が神に評価される行為であると示し、召使いの手に委ねず、常に自分たちの手で治療を施すように指導する。生業としている仕事に没頭している人がいたら、彼らをもまた褒め称える。だれしも稼業に精を出すのは、とても善いことである。しかし、その時、彼らに次のふたつのことを忠告すべきだ。第一に、世間のことにあまり深入りはせずに、それも首までどっぷり気苦労に浸らず、仕事をするにしても、一生懸命に、疑り深く、そして神の名を汚すような労働の仕方をしないようにと、諭すべきである。一生懸命に労働するとは、心の安寧と身体の健康を損ねるほど働き過ぎることである。そして、疑り深く労働するとは、神の摂理を疑い、お金が貯まる、貯まらないは自分の手中にあるかのように、自分の労働が金満家になる道だと考えて働くことである。「それから、神の名を汚すように労働するとは、野獣のように仕事に打ち込み[1]、神に想いを馳せることもなく、しかも労働を日々の祈りで清めないことである。そうなれば、主日（日曜）や、他の祝日にも肉体労働を行なうようになる。極貧の場合や種まきと収穫の時季は、また話が別である。」第二に、労働自体を目的とせず、神によりいっそう仕えることができ、そして善行を積むことができるように、幸福と生計のために働くようにと、彼らに忠告すべきである。そのような話をしたあと、もし彼らが働いているにもかかわらず、貧しく困窮していれば、いくらかの施しを与えるとよい。つまり、彼らを救済するために、口だけではなく財布をも開かなければならない。そうすれば、彼らも仕事を嬉々として続け、牧師自身も常に彼らに歓迎されるようになる。怠惰であるか、あるいは働きがよくない者がいれば、最初は面責してはいけない。その行為は礼節に欠けるばかりか益するところがない。しかし、帰る間際、話も終わりにさしかかると、常に叱責する。けれど、この時、特に神経を使い差異を設ける。その人物が普通の田舎者であれば、細かな意味の区別が付けられず、はっきりと責め立てる必要がある。だが、彼らが上流階級の者であったら、一般的に頭の巡りが速く理解力があり、非難にはとても敏感である。したがって非常にゆったりと要点に至るように話を持って行き、幾度となく**ナタン**がしたように[2]、他人を交えながら、彼ら自身が自分の罪を暴くように仕向ける。しかしながら、牧師は、自身も罪の穢れがなく他人の罪に巻き込まれないように、なんらかの方法で絶えず彼らを叱責する。そばに人がいたとしても、容赦してはならない。その罪が個人的なもので、私に対してなされたものであれば、私は我が救い主の掟に従い[3]、兄弟を連れだし叱責する。またその罪が公然のもので、神に対するものであれば、私は使徒の掟、テモテへの手紙一（五・二〇）に従い、公然と為された罪は、「衆人環視のもと咎める。」折に触れてのこのような説話の他に、牧師は家の中で秩序がどのように保たれているのか、問いただすべきだ。例えば、跪いて朝夕の祈りをしているのか、聖書は読んでいるのか、教義問答をしているのか、仕事中に詩篇を朗唱しているのか、また祝日はどうしているのか、だれが読み書きができ、だれができないのかなど。そして、時に牧師自ら子供が読み上げるのを聞いて褒めてあげ、召使いには読み書きを学ぶように励まし、祝日に自分の召使いを教えに行かせてもよいと申し出る。もし、牧師がこれらの事柄に粉骨砕身の覚悟で臨むことを恥に思うならば、彼は牧師には相応しくない人物で、次の掟を肝に銘じるべきである。神への奉仕で、卑小なものは何もない。(4) 即ち、もし一度、その誉れ高き名前を帯びれば、即座に偉大なものになる。それ故、牧師は極貧の人の家を訪れるのを嫌がってはいけない。たとえ、這うようにして家に入り、家がとても嫌な臭いがしたとしても。神はその家におられて、そのような人々のために命を落とされた。だからこそ、なおさら牧師は、お金持ちの屋敷に通うよりも、貧窮者の家を訪れる方に慰安を覚える。彼自身に関して言えば、それが屈従の修行となる。以上述べてきたことが、牧師による教区巡回のおおまかな目的である。しかし、人付き合いをよくするため、これら堅苦しい説話に世間話を交えてもよい。そうすればそれだけいっそうたやすく、高次元の目的が教区民の心の中に滑り込む。

（1）「霊石」（"The Elixir"）と題するハーバートの詩には、「野獣のように、がさつに、／行動に突っ走るのではなく／常にあなたを目指しつつ、／それが完璧になる方途を教えて下さい」（五—八行）とある。

（2）サム［下］（十二・一―十四）。預言者ナタンがダビデに罪を悟らせた方法。譬え話を借りて本人に罪を気付かせ告白させる。本訳書第八章、訳注（2）参照。
（3）マタ（十八・十五）「兄弟があなたに対して罪を犯したなら、行って二人だけのところで忠告しなさい。」
（4）「霊石」によると、「すべてのものは、あなたを分有し、／（あなたのためにという）触媒があれば、／輝きを増し純化しないような／下賤な物は何もない」（十三―十六行）。

第十五章　慰安する牧師

田舎牧師は管轄する教区内に、病人および友人や財産をなくして苦悩に沈む人、あるいはともかく苦痛を感じている人がひとりでもいたら、必ず絶大な慰安を伝える言葉をかける。そして彼らを呼びにやるというより、（たとえ来る余力があり、来させるのが筋であったとしても）むしろ牧師自身が彼らのもとに行くべきである。この目的のために、牧師は慰安の要点をすべて徹底的に会得しており、それらの要点を常に用いるが、その出所は、野の花にまで至る、つまり万物に及ぶ神の摂理であり、(1)

神の教会に至る個別の摂理である。具体的には、神の約束であり、かつて存在したすべての聖人という範例であり、悲しみによってのみ我々の贖いを全うしたキリスト自身であり、苦悩より生ずる頑な人の心を和らげ動かす恩恵であり、もし気が遠くならないとすれば、救済と報いその両方の確約であり、現世における刹那の苦しみと天国における至福の喜びとを哀れにも較べることである。「この他に、病人やそれ以外で苦悩する人を訪れるとき、牧師は教会の指導に従わなくてはならない。[2] 即ち、彼らをひとりで告白するよう説得し、この古来以来の敬虔な掟が如何にすぐれた効験があるのか、あるいはまた、ある場合にには如何に必要であるのかを理解させるのに勤めなくてはならない。牧師はまた、信仰の必然的な確証とその成果として、信仰心溢れる慈善活動をするように促し、特に聖餐式に参列したとき、その告白が罪で穢れた人に如何に慰安となり妙薬となるのか、また、告白がすべての誘惑や死それ自体に対して、如何なる力や喜びそして平安を与えるのかを説く。さらに、牧師は明瞭にそして概括的に罹病者つまり病人に、それを求める飢えと渇望とは牧師の説諭ではなく、むしろ彼ら自身に由来する旨、告知するとよい。」

（1）マタ（六・二八）「野の花がどのように育つのか、注意して見なさい。」
（2）祈禱書所収「病人訪問の式」(BCP, pp. 164-70)、『祈祷書』三二三―二九頁 参照。

第十六章　父親としての牧師

田舎牧師は教区民の父親であるばかりではなく、彼ら全員の父親であるとの認知を公言し、全員の生みの親であるかのように、しっかりとそのことを肝に銘じるべきだ。そして、そのことを最大限利用する。というのは、この手立てによって、だれかが罪を犯したとき、その人物を役人として忌み嫌うのではなく、父親として憐れみを抱くべきだからである。そして、十分の一税やその他、面前で為される悪事ですら、牧師は違反者を自分の子供と見なし、彼らが行ないを改める徴候を得られるようにする。したがって、幾度となく勧告したあと改善の見込みがなかったとしても、諦めたり、焦って廃嫡［破門］の手続きを取ったり、極端な行動に出てはならず、最後の土壇場で呼び出しを受ける者がいることを想い出さなくてはならない[1]。それ故、神の顕現する日時を牧師が決めてはいけないので[2]、首を長くして待つとよい。最終審判の日についても確定できないように、そのように改心の中日《なかび》についても同様に決定できない。

（1）マタ（二〇・一―十六）で展開される譬え話「ぶどう園の労働者」を参照。ある家の主人が葡萄農園で働く労働者を雇うため広場に出かけて行く。最初は夜明けに、朝九時に、お昼に、午後三時に、最後は夕方五時頃に出かけ、職にあぶれた者たちを順に雇う。契約通り、夜明けから働いた者も、最後の一時間だけを働いた者も、同じ額の報酬が与えられる。天国も同じで、最後の土壇場で入ることを許された者も同じ福徳が得られるという。「夕方五時ごろ」は欽定訳では、"about the eleventh hour" (AV) となっている。

（2） マタ（二四・三六）「その日、その時はだれも知らない。天使たちも子も知らない。ただ、父だけがご存知である。」

第十七章　旅先の牧師

田舎牧師は、（管轄する教区のことを勤勉に厳しく考量するが故に、喜びと想いはすべて教区に存するが）まれに教区を離れることを余儀なくされても、聖職を置き去りにしてはならず、どこへ行こうとも聖職者である。それ故、道すがら出会う人に対しては、声に出し聞こえるように祝福し、追い越し追い越される人には、善き説話を語りかけなくてはならない。例えば、人を啓発するような説話を。

時に気分転換に、うそ偽りのない短い話を間に交ぜれば、その説話は相手に歓迎され、退屈しなくて済む。そして、牧師が宿屋に着いたら、恙《つつが》なく到着できたことを神に感謝し、食卓の祈りを捧げるなどして、神の栄光を弘められるように、人の輪に入るのを拒んではならない。また寝床に就くまえには、広間で祈りを唱えると宿屋の主人に伝えるべきだ。そうすれば、主人は客にそれを知らせ、一緒に唱えようという人がいれば、広間で合流することができる。朝にも同じことをして、「祈りと飼い葉は決して旅の邪魔にはならない[1]」という異国風のことわざをすがすがしく披露する。牧師が「親戚縁者」の家に到着して、「そこの家族の者を従わせる権限を与えられ、」しばらく滞在することになれば、その家の情況を神の方に向けられるように真剣に考え、特に次のふたつの点に注意する。第一に、衣服、食事、あまりにも開放的な食物貯蔵庫、空しい本の読書、誓言、そして子供を職に就かせず徒手空拳《としゅくうけん》のまま放置する養育に、どのような乱れがあるのかについて。次に、信仰のあり方について。例えば、日々の祈りや食前・食後の祈りがなされているのか、聖書やその他の良書を読んでいるのか、「日曜や祝日、それに断食の日」が守られているのかなど。したがって、これらの点に何か瑕疵《かし》を見出せば、まずはどのような治療がその家庭の気質に一番合っているのかと自分でよく考えた上で、誠実にそして大胆に実施してみる。それもしかるべき時に慎重に。さらにその館の**領主**や**貴婦人**、あるいはその屋敷の**主人**や**奥方**をわきに連れて行き、あなた方によくなってもらいたいと願う者が一番あなた方のことを考えており、他人事に干渉したいという願望ではなく、精一杯の善行を為すという熱意から、このような苦言を呈するのですよと進言すべきである。

（1）『異国風俚諺集』二七七番。原文では、祈り (Prayers) と飼い葉 (Provender) とは頭韻を踏む。

第十八章　番をする牧師

田舎牧師はどこにいようとも、神の番人である。つまり、牧師がその場に居合わせる人の集まりでは、取り調べや吟味を受けない言動は何もない。もし言動がよければ、それを推奨し増進させる機会を捕らえ、反対に悪ければ、その毒素が若者の軽率な心に忍び込み、彼らが気づく前に取り憑くといけないので、即座に握り潰す。しかし、ことは慎重に運ぶべきで、それも若者の心を和らげ解《ほぐ》す言葉を選ぶべきだ。(1) 言い方がよくないな、これなら言わない方がよかったね。このようなことは許せないな。そうでなければ解釈の余地が生まれてしまうから。君の意味するところはこうではなくて、ああだ。

これまでは君の言うことは正しくもっともだったが、これからは色褪せてしまうね。このような言い方が神の番人の口調で、そうすれば敵が人の輪の中に仕掛ける餌を見出し取り除ける。こうすれば神の味方に付き、神の仲間に誠を尽くすことになる。その他、もし牧師が人の集まりの中に、その邪悪さや喧嘩腰によって悪に染まりそうな話を認めたら、賢明に機先を制するか、しかるべき時に話を逸らせて粉砕する。そこでは陽気な気質がとても役立つ。楽しい話が始まるとすぐ、人は喜んで話の主導権と言質とを無償で売り渡し、話が進むと、人には気晴らしを好む性質があるため、名誉でさえ失っても喜ぶから。

（1）　ハーバートの考えによると、人は罪を犯すと心が次第に固くなり、神の恵みこそがその頑な心を解してしなやかにする（"supple"）という。「恵み」（"Grace"）十九行目、および「知られざる愛」（"Love unknown"）三七—四五行を参照。

第十九章　牧師と他者との関係

田舎牧師は、あらゆる関係において誠実で高潔である。第一に、牧師は自分の国に対して正しくあるべきだ。武具や軍馬が徴用されるとき、借りてまで用立てることはないが、かといって役立たない奉仕をほんの少しだけ提供するのもいけない。そうではなく、いざとなれば、祖国に誠実で褒められる奉仕をするのに、あらゆる点で相応しい務めを果たすべきである。それ以外のことをすれば欺瞞となり、したがってあらゆる点で親身で誠実な人物には相応しくない。なぜなら、牧師は狡いことなどひとつもない方の僕であるから。同様に、国の他の義務すべてにおいて、その命令の目的が何であるのかをよく考え、その目的に状況を誠実に合わせるとよい。第二に、牧師はすべての教父を敬うように、そのように特に主教には、言葉と振舞、その両方の点で恭しい態度を取り、どんな困難な状況にあろうとも、例えば学問に没頭していようが、教区に携わっていようが、主教のもとに赴かなければならない。牧師は主教の視察訪問を受けるが、その場に立ち会えば、管区の利益のために聖職者会議を利用するのと同じように、それを十分利用する。そしてそれ故、主教が来るまえに、同僚牧師の至らない点を見出し、もし説教をするならその説教で、あるいはその日のほかの時に、何をするのが相応しいかを同僚に提示すべきである。第三に、牧師は近隣すべての牧師と連携を取り、自分の教区に損失をもたらさなければ、彼らに代わって奉仕の勤めをすべて果たす。同様に、たとえその人物が貧しく賤しかったとしても、ある偉い領主をもてなすかのように、満面に笑みをたたえて、いかなる聖職者をも家に迎え入れる。第四に、牧師は管轄する教区の近隣すべての地区と友好関係を築く義理と義務とがあり、それを果たす。というのは、使徒の掟、つまりフィリ（四［・八節、摘要］）「誠実なこと、正しいこと、清いこと、愛らしいこと、名誉なことすべてを、また徳や称賛に値することがあれば、それを実践しなさい」は、寛大で素晴らしい教えであるから。そればかりか、近隣との付き合いは、他の点では状況が同じであれば、異教徒の間でさえ、遠くにいる人々よりも為すべき善行の義務であると常に見なされる。したがって、牧師はこの職務を果たす。特に、もし神によって近隣の教区が火災や飢饉など災害に見舞われたら、［義捐金を徴収する］教会の特許状を待たず、「次の日曜か祝日に」教区民を引き連れ、世の無常を示し、今度はだれの番かは判らないと言って教区民の不安を煽り、模範となる善意と親切の義務を示すため、最初に牧師自身がもの惜しみなく与え、それから教区民に施しを促すとよい。さらに、施すお金を合算し、あるいはその方がさらに慰安となるが、とある相応しい日を選び一緒に自分たちでお金を届け、困っている人を元気づけるとよい。したがって、もし近隣に貧窮者で溢れている村があり、彼が管轄する村はそれほどでもなかったら、何か救済策を見出し、慈善のパンと食べ物とをほぼ均等に配分する。また教区の人々に次のように強く主張すべきである、つまり困っている人に神の祝福を差し延べれば、それだけいっそう自分たちが憐れみ深くなるのであって、神が近隣の貧困を自分たちに押し付けることがないように、物惜しみをして吝嗇になってはいけないと。

第二十章　神の代わりをする牧師

田舎牧師は管轄の教区では神の代わりであり、神の約束について、できることは何でも代わりに履行する。それ故、善きにつけ悪しきにつけ、為される事柄のなかで牧師が報奨者か懲罰者でないものは何もない。もし牧師が、たまたま他人の聖書を読んでいる者を見つけたら、自分のものから一冊与えるとよい。もしある人物が貧しい人に一ペニーを与えるのを目にして、与えた人物が生活に困っている状況であれば、その人物に代償として六ペンスを与える。もしその人物の暮らし向きがよければ、良書を与えるか、そうでなければ十分の一税を免除し、本人がすっかり忘れてしまった頃に、かくかくしかじかのとき、あなたが善意の施しをしたので、牧師の私はこうするのですと言えばよい。これはある種、神の任務を代行することである。なぜなら、この世で敬虔な行ないをすれば益がある、と神は約束しているから。だが、天の国では、神は自身で直に業務を行なう主計官であり、すべての善行に対して応分に報いる。「罪や悪徳に対する教区牧師による懲罰は、告発や訴えによる手段というよりは、むしろ罪を犯した人々に賜金や歓待を差し控えることや、場合によっては個人的にあるいは衆目環視のもと叱責することによって為すべきである。さらに、人の悪意や大罪がそうであるように、牧師は相応の処罰が科されるように注意し、また真に敬虔な熱意をもって、その人に嫌悪感を抱かず、不正に対しては厳正な処罰を渇望するとともに切望する。このような次第で、教区牧師は美徳には報奨を与え、悪徳には懲罰を加えることで、神の代理を勤める。というのも、田舎の人々というのは、信仰よりも感覚に、将来よりも現在の報奨と懲罰に心惹かれ導かれるから。」

第二十一章　教義問答をする牧師

田舎牧師は教義問答を高く評価する。牧師の任務に要点が三つある。その第一は、教区民一人ひとりに救済の知識を十分に注入することである。第二は、その知識を増進して精神の聖堂を築くことである。第三は、その知識に火を点け実践するように駆り立て、簡潔で力強い告諭で改心させることである。教義問答は第一の要点であり、第二の要点は教義問答なしには達成できない。その上、説教にはある種尊大さがあるのに対し、教義問答にはキリスト教徒の霊的更正にかなり相応しい謙遜がある。したがって、自分の身に実践することにより、また自身に説くことにより、喜びが非常に増し、自身の禁欲にも繋がる。他人に説教をするとき、まずはその説教が自身に対するものであり、次に他人に対するものであることを忘れてはならず、教区民の成長とともに自身の成長もある。ひとつには権威に対する服従のため、もうひとつには司式の統一を保つため、牧師は教会が用いる通常の教義問答を好んで使用する。そうすれば、同じ共通の真理が至るところで表明される。特に、多くの人々が、ある教区から他の教区に移り住む現状からすれば、宣教師の如く合い言葉を使えば[1]、会衆は普遍的な回答によって満足するであろう。牧師は教区民すべてに問答の教義を強要する。若者には一語いちご違わずに、年輩者には大まかな内容を。ある者は皆の前で、またある者は個人的に、さらに老人には、使徒［パウロ］の掟［一］テモ（五・一）に従い、[2] 敬意を払いながら問答形式で教義を教える。牧師は教区民すべてに教義問答の式に出るように要求する。それは、第一に、問答の権威づけのためであり、第二に、父兄や主人が［子供や召使の］返答が試されるのを聞き、家に戻ってから褒めたり貶《けな》したり、あるいは報いたり罰したりするためである。第三に、あまり基礎ができてない年輩の者が、問答の間、敬意をもってさらに教導を受け入れることができるようにするためである。第四に、宗教の知識をすっかり身に付けている者が、自分たちの基礎を吟味し改めて誓願を立て、問答を契機に瞑想の機会を増やすためである。すべての者が教義問答の詞《ことば》を暗唱してしまえば、牧師が取り得る最も有益な方法は、同じ内容を別の言葉で繰り返すことである。というのは、多くの者は問答の詞をその意味するところを深く考えず、機械的に鸚鵡のように返しているからである。その過程で、問答の進め方は守らなくてはならぬが、以下に示す信仰箇条と同様、その他は変えてもよい。どのようにして、この世は現在のようになったのか。創造されたのか、それとも偶然そうなったのか。だれが創造したのか。あなたは神が創るのを見たのか。それでは、目に見えないもので信ずべきものが存在するのか。これが信じることの本質なのか。目に見えないが信ずべきことが、キリスト教にはたくさんあるのか。あなたは神がこの世を創造した、と言ったな。神とはだれだ。そしてこのように問いを進めて行き、すべての者に答えを要求し、問いを比喩でやさしくして、回答者を守り助ける。さらにその回答者から引き出した正答の一部を最大限利用する。この進め方が、ある者に慣れてきたら、別の者には少し変えてもよい。これこそ素晴らしい教化の方法であり、その過程で、問答の参加者はいつしか喜びを見出すようになる。この方法により問答教示者は、一旦その技法を体得すれば、無知無学の者から宗教の隠れた奥義でさえ引き出すことができる。ソクラテスも哲学で同じことをしたが、彼は真実の種があらゆる人の中に埋もれていると考えたからだ。したがって、体系化された問答によって学のない商人から哲学を導き出した。その立場はキリスト教には当てはまらない。なぜなら、キリスト教には自然の力が及ばないものが含まれているからだ。だが、一旦、教義問答を体得したあとでは、その本質が哲学を指向しているため、教義問答は神学を指向する。この趣旨で、プラトンの対話編は読む価値があろう。読み進むなかで、ソクラテスの類い希なその手の技巧が認識され模倣されるかも知れない。けれど、その技巧は次の三つの点にのみ存する。第一に、回答者をどの方向に駆り立てるのかという話全体の目標や目的、そのことは教示者が問いを発するまえに念頭に置いておくべき事柄だが、その目標・目的に諸の質問が関連していることである。第二に、極めて簡単でやさしい問いを考案することである。特に、さらに無学な人々に対しては、事実上、答えさえも含まれているとよい。第三に、回答者が立ち往生したら、既知を未知の解明に応用することである。知っているものを知らないものに役立たせるとよい。例えば、教区牧師が人間の惨めな境遇について様々な質問をしたあと、というのも人間はとても惨めな状況に置かれており、どうしたらよいのかと問いただしたとする。回答者が答えられない。すると牧師は、さらにもう一度尋ねる、溝《どぶ》にはまったら、あなたならどうするだろうかと助け舟を出す。よく知っていることで説明すれば、答えは明白となり、回答者は己の無知を恥じる。回答者はできる限り早くそこから抜け出す、と答えざるを得ない。そのあと牧師は、さらに進んで次のように尋ねる。独りで溝から這い出ることができなかったら、つまり助けが必要であったら、その助けをだれがしてくれるのかと。これこそ真の技法であり、次の場合、聖書の意図は疑いようがない。つまり、鋤、手斧、升、パン種、そして少年の踊りと笛吹きといった名称を挙げるとき(3)、日常品が雑用に役立つばかりではなくて、洗ってきれいにすれば、神の真理ですら照らす光明に援用できることを示している(4)。これはまた、教区牧師が同僚すべてに大いに推奨すべき実践方法であり、素晴らしさの秘訣は次の点にある。つまり、説教や祈禱のとき、人は居眠りし、虚ろな考えに耽ることがあるが、質問されると自分が何者であるのかを覚る(5)。この実践は教化の点で説教にさえ優るが、説教にも次のふたつの利点がある。ひとつは教授することであり、もうひとつは心に火を点けることである。説教が前者の点で問答に匹敵しなくても、後者の点で説教は問答を凌駕する。問答はおきまりの味気ない一連の詞《せりふ》で為されると、人の心を燃焼させ恍惚状態にすることはない。

（1）原文では、"... who like Christian soldiers are to give the word..."となっている。底本の編者は、シェイクスピアの『リア王』四幕六場九三行（"Give the word"）を例証として挙げ、「合い言葉」の意に解す（Hutchinson, p. 560）。ペンギン版の編者は、「福音を広める」（"spread the gospel"）と注する（Tobin, p. 433）。

（2）［一］テモ（五・一）「老人を叱ってはなりません。むしろ、自分の父親と思って諭しなさい。」

（3）ルカ（九・六二）「鋤に手をかけてから後ろを顧みる者は、神の国にふさわしくない。」マタ（三・十）「斧は既に木の根元に置かれている。」同（五・十五）「また、ともし火をともして升の下に置く者はいない。燭台の上に置く。そうすれば、家の中のものすべてを照らすのである。」同（十六・六）「ファリサイ派とサドカイ派の人々のパン種によく注意しなさい。」同（十一・十六―十七）「今の時代を何にたとえたらよいか。広場に座って、ほかの者にこう呼びかけている子供たちに似ている。『笛を吹いているのに、踊ってくれなかった。葬式の歌をうたっているのに、悲しんでくれなかった』」（傍線筆者）。これらはイエスの説話に登場する日常品の数々であるが、真理を照らす道具であり、徴である（Bloch, p. 217）。

（4）「霊石」には、「下僕もこの［信仰］箇条があれば、／卑しい雑用を神聖にできる」（十七―十八行）。

（5）原文では、"at Sermons, and Prayers, men may sleep or wander; but when one is asked a question, he must discover what he is." 代名詞の指す当体の解釈の違いから、「質問された人物が虚ろな考えに耽り寝ていたか否か判る」とも解せる (Stanley Fish, *The Living Temple: George Herbert and Catechizing* [Berkeley: University of California Press, 1978], p. 21)。

第二十二章　牧師のサクラメント

田舎牧師はサクラメント［聖礼典／聖奠：洗礼と聖餐］を執り行なうとき、神聖な儀式に対してどのように身を処し、どのように振舞うべきか、立ち止まって考えなくてはならない。特に聖餐式の時は、神を拝受するばかりではなく、神の身［パン］を裂き皆に与えるので、周章狼狽する。この時、牧師は神の玉座に平伏し、主よ、あなたはそのように事が運ぶよう定めたとき、定めたことの意味をご存知のはずであり、したがって約束されたことを遂行してください。といいますのも、あなたは式に供される食べ物であるばかりではなく[1]、それに至る道でもあるのですから[2]、と言う以外に如何なる問題点をも見出すことはない。洗礼式の時は、白衣を身にまとい[3]、全員に出席を義務づけ[4]、そして日曜や大きな行事の他は進んで洗礼を行なわないようにする。[5] 牧師は通常の慣れ親しんだ名前を認めるが、無益・無駄な名前は一切認めない。牧師が篤い信仰心から唱える祈りの一節は、神が我々を召され自らの恵みを知らせくださったことに感謝します、である。[6] というのも、洗礼は神の祝福であり、この世に似たものなど他にないので。牧師は進んでそして満面に笑みをたたえながら子供に十字を切り、この式が清浄無垢であるばかりか敬虔なものであると考える。牧師は教父母に、その地位を維持するのは、多大な名誉であって、単なる形だけの小事ではなく、ましてや重荷などではないと教導する。なぜなら、それは神と聖徒の御前で執り行なわれ、ひとりのキリスト教徒の保証人を引き受けるつもりでなされるものであるから。牧師は、全員に自分たちの洗礼式のことを思い出すように助言する。そこから出発して立派になった原点に立ち帰るのが、威厳を保つ最善策であると考えるのが賢人であるなら、それと同じように、キリスト教徒もまた（素晴らしい偉大な第一歩であるから）自分の洗礼を何度も瞑想し、どのような言葉でどのような誓言で洗礼を受けたかを瞑想するのが、とるべき最も安全な道であることは疑いない。聖餐式の時には、牧師は第一に、教区委員とともにパンとワインがみすぼらしく粗悪なものではなく、ましてや味が不味く健康に良くないものは供さないように。第二に、教区民の無知と不注意とをよく見定めて、聖餐式の当日の日曜だけではなく（それでは遅すぎるので）、式の前の日曜やそれより前の日曜、そしてそれらすべての日の前夜に、教義問答や告諭に力を尽くす。もし、未だに拝受していない者や、この式に列席する意思がない者がいれば、牧師はいつの日にか祝福を手にする礎となるように、さらに努力する。拝受する最初の時期は、年齢ではなく理解力によるべきだ。特に、その規則は次の通りである。つまり、聖餐のパンを普通のパンと区別ができ、聖餐式制定の意味と差異が解れば、何歳であろうと聖餐に与る。子供と若者は聖餐式に対する畏敬の念にかこつけて、通常かなりあとまで延期される。しかし、それは教育が足らないためである。子供たちの理解力は悪事を行なうには十分成熟していて、それなのにどうして、善事を行なうには成熟していないと言えるのだろうか。だが、父兄と主人は子供と召使いの多大な益のために、これを急ぐべきだ。先送りしている間に、彼らは次のふたつの面を蒙ることになる。つまり、そのひとつは、神の恩恵によって得られる精神の高揚をあまり感じられないことである。もうひとつは、神に対する仕え方と服従の仕方がよくないことである。教義問答の詞《ことば》は必要であるが、十分というわけではない。なぜなら、型どおりの答え方では無知を払拭できず、定式や順序にこだわらず質問をすれば、回答者は自分が何者であるのかを覚るから(7)。第三に、拝受の仕方について、教区牧師は自身でもすべてに敬意を払うので、敬虔な者にだけ式を執り行なうべきである。聖餐は、実のところ、正餐なので着席する必要がある。しかし、人間は拝受する準備ができておらず、跪《ひざまず》くように求められる。聖餐に臨む者は賓客としての自信は持つが、跪くことにより自分はその場に相応しい客ではないことを告白し(8)、したがって他の参列者と区別される。着席あるいは寝そべる者は、使徒の位にまで昇る驕慢の輩である。[9]愛の聖餐のことで言い争うのは、如何なる態度をとるより、つまずきの石となる。[10]第四に、聖餐式の頻度に関して、教区牧師は必ず月に一度ではないにしても、少なくとも年に五、六回は式を行なうとよい。例えば、復活祭、クリスマス、聖霊降臨祭、収穫期の前後それに四旬節の始めなど。そして牧師はこれを、職務のためだけではなくて、教区委員の負担の軽減のためにも行なう。なぜなら、教区委員は年に三度拝受しない者全員の名簿を提出することになっていて、もし式が三回しかなければ、だれもがその式に臨み拝受できるよう厳格に予定を調整することができず、教区委員もだれが三度拝受して、だれがしていないのか綿密に告発できなくなるから。

（1）神自身が式に供される聖餐である。「司祭職」（"The Priesthood"）には「神が畏れ多くも我々の食べ物となられるとき」（二七行）とある。また「招き」（"The Invitation"）には「神がここで調理されご馳走に仕上げられる、それもあらゆる珍味佳肴がそろう神という名のご馳走が」（四―六行）とある。

（2）「叫び」（"The Call"）には、「来たれ、我が道、我が真理、我が生命（中略）、来たれ我が光、我が宴席、我が力／宴席を照らし出す光、／時を経てたけなわになる宴席、／客に自信をつける力」（一

—九行）とある。ヨハ（十四・六）「わたしは道であり、真理であり、命である。私を通らなければだれも父のもとに行くことができない。」

（3）サープリス (surplice) と呼ばれる白く短い法衣。

（4）全員に出席を促す背景として、洗礼は、授かる子供の親兄弟や教父母それに親戚一同が参加する式であると考える人々の増加が窺える。ハーバートは国教会の祈禱書（一五五九年版）通り、“Public Baptism” を宣揚する。ハーバートよりも十年ほど遅れて、エッセクス州の片田舎で副牧師となったヨーマン出身のラルフ・ジョスリンによると、私的から公的な式に移行していたという (Alan Macfarlane, *The Family Life of Ralf Josselin: A Seventeenth-Century Clergyman* [1970; rpt. New York and London: Norton] 1977], p. 89)。

（5）主に日曜日と大きな行事の日に洗礼を施す、というのは国教会の指導通りである。ただ、例外として、緊急に洗礼を行なうことも認めている。というのも、無慈悲な聖職者がいて、幼子が洗礼を済ませないで死んでしまう案件が多々あったらしい。悲しみと怒りのため、親たちは懈怠の聖職者を告発し、改善の嘆願書を提出したという (Judith Maltby, *Prayer Book and People in Elizabethan and Early Stuart England* [Cambridge: Cambridge UP, 1998], pp. 53-54)。

（6）洗礼式で唱える祈りの言葉を援用している “we give thee humble thankes, that thou haste vouchsafed to call us to the knowledge of thy grace and fayth in thee. . ." (BCP, p. 143)。

（7）前章、訳注（5）を参照。

（8）ハーバートの「愛（三）」（"Love [III]"）と題する詩は、貧しい農夫が領主の饗宴に招かれご馳走に与るという設定のもと、その表面的な意味の裏に、信者が現実の教会で聖餐を拝受することを連想させる内容となっている。さらにこの箇所に関連する、主人と客で交わされる「相応しい客」をめぐる対話がある。「けれど、目ざとい愛は、最初に私が入ったときから／動作が緩慢になるのを認め、／私にさらに近づき、優しく尋ねた、／何か足りないものがあるか、と／ここに相応しい客がと、私は答えた。／愛は言った、その客になりなさい、と」（三―八行）。

（9）原文では、"hee that sits, or lies, puts up to an Apostle. . ." となっている。"lie"（「寝そべる、横たわる」）は、尊大な態度で「椅子にふんぞり返る」くらいの意味か。あるいは、古代ローマの饗宴における食べ方か。

（10）英国国教会の規定では、跪いて聖餐に与ることになっていた。当時、聖餐に与る姿勢について、ピューリタンと激しい論争が行なわれていた (Bloch, pp. 103-04; Michael C. Schoenfeldt, *Prayer and Power: George Herbert and Renaissance Courtship* [Chicago: University of Chicago Press, 1991], pp. 224-27)。

第二十三章　牧師の鑑

田舎牧師は教区民に対して万人たることを願い、司牧者だけではなくて、法律家や医者となる。それ故、牧師は教区のだれ一人として訴訟を起こすのを認めず、争議が持ち上がった時は、当事者の判事を務めるとよい。この目的のため、牧師は日常生活で起こり得る争議に対して眼識を具え、それも経験を積み、**ダルトン**の『治安判事』[1]とともに法律の入門書や法令の摘要を読むのがよい。その上、他人に一番得意な分野を論じさせるのが一番益するところが多いやり方であるとの信念のもと、[2]案件を相談できるその手の専門家と面談する場を設けることが大切である。さらに、争議が自分のもとに持ち込まれる時はいつでも、牧師は独りで判断を下さず、教区内の有能な人物を三、四人呼び出し、争いの原因を一緒に聞き、まず意見を述べさせ、もし自分で解らなかったら、彼らの意見を取捨選択して、その意見に与《くみ》すべきか判断を下せばよい。そうすれば、ことは権威をもって運び、妬まれることは少なくなる。判断する際、牧師はまったく正しいことに従い、もし教区内で極貧の者が一番の富豪からほんのわずかでも不法に奪い取り返さなければ、判事としてすっかり元に戻すべきだ。しかし、一旦そうしたあとは、教区牧師の役目に戻り、愛を説く。それにもかかわらず、彼自身よりむしろ法的手段に訴える方を教区民が選ぶのを認めざるを得ない案件が起こるかも知れない。例えば、灰色や闇に包まれた性質の案件や法律家でさえ容易に解決できない案件、あるいは遺産分割のような極めて重大な案件などがそうである。最後に、仲違いを起こしている人物が争い好きの性質で、これまで提出された妥協案すべてを斥《しりぞ》ける説得不能の案件。しかしそのとき、牧師は敵としてではなく兄弟として、訴訟の起こし方を示すとよい。そうすれば当事者は付き合いを避けず、ましてやお互い中傷し合うことはない。さて、教区牧師は法律と同様に、病気にも精通すべきだ。もし教区のだれかが病気になれば、牧師か少なくとも妻が医者となる。妻には世間一般の素養ではなく、傷を治し病人を介護する術だけを求めればよい。しかし、ふたりとも医術の心得がなくとも金銭に余裕があるなら、教区の人々のために若い開業医を館に住まわせればよい。だが常に、その開業医には己が領分を超えず、診断が微妙な症例は助けを求めるように忠告する。もしすべてだめなら、その時はだれか近隣の医師と十分に連携を取り、教区民の治療のため医者の意見に耳を傾ける。けれど、学ぶ志のある人はだれでも、自身と他人に役立つ程度の医術を体得することは、難しいことではない。これは、解剖[3]を見学し、医術書を通読し、本草書を備えておけば可能である。そして、**フェルネリウス**[4]の書を読むとよい。その本は、簡潔・簡明・賢明に記されている。特に、彼の医術を実用に役立つものとして、熱心に精読すべきである。さて、彼の書を読み本草の知識を得るのは、それらが神学研究に役立つとともに気晴らしとなるような時に行なうのがよい。自然は、娯楽という慰めと、必要が生じたとき薬の効能というふたつの点で、神の恵みに役立つ。それは我が救い主［イエス・キリスト］が植物とその種《たね》を教化の目的で利用したのと全く同じで、実例を用いる。主イエスは真の家長で、その財宝から新旧両方のもの、つまり哲学という旧きものと恵みという新しきものを取り出し、相互に補完させる。思うに、救い主は次の三つの理由で、このことを為した。第一に、よく知られたものにより主の教えが最も賤しい人の心にさえ、たやすく滑り込めるように。第二に、額に汗して働く人々（そのような人々をイエスは主に念頭に置いている）が主の教えを想起できるように。そうすれば、庭にからしの種と野の花を、そして畑に小麦の種と毒麦を見て教えを思い出し[5]、辛い農作業にただ埋没するのではなく、時に畑仕事の苦役の最中に素晴らしいものに想いを馳せることができる。第三に、イエスが教区牧師に手本を示すことができるように。本草、そこに神の多種多様な叡智が見事に見出せるが、その薬草の知識の中に、よく注意して見れば、あるひとつのことが認められるかも知れない。つまり、どのような薬草が同じ性質の医薬の代用となるのかを知れば、庭を薬屋にすることができる。自家製の薬であれば、教区牧師の財布に負担とならず、人体すべてに違和感がない[6]。薬種商［アポセカリー］であれば、下剤にダイオウ[7]を、止血剤にアルメニアの粘土[8]を使用する。だがその一方、教区牧師は前者にはダマスク系のバラあるいは白バラ[9]を、後者にはオオバコ、ナズナそれにミチヤナギ[10]を用いる。しかも薬種商よりもよく効く。香辛料に関しても、海外のスパイスよりも国産のものを選ぶだけではなく、舶来品をつまらぬものと軽蔑し家庭内から締め出すとよい。薬草では、ローズマリー、タイム、キダチハッカそしてハッカに匹敵する香辛料はなく、実では、ウイキョウやヒメウイキョウ（キャラウェー）に並ぶものはない。したがって軟膏については、牧師の妻は都市まで買い出しに行く必要はなく、舶来品よりも菜園や野原で採れるものを優先すべきである。そして、確かにヒソプ、カノコソウ、ヤマアイ（トウダイグサ科）、ハナヤスリ、ノコギリソウ、シナガワハギ（クローバーの類）それに聖**ヨハネ**草[11]（オダギリソウ）の類が軟膏となり、ニワトコ、カモミール、ゼニアオイなどアオイ科、ヒレハリソウ（コンフリー）それに野生セロリ[12]は湿布となる。しかもこれまでにその薬効が十分に優ると判明している。だれかを治療するとき、教区牧師とその家族は祈りを先に済ませるべきだ。これこそ牧師が行なう治療のやり方であり、その行為は薬屋から教会に高められる。しかし、牧師はあらゆる慈善行為を推進する際、その人物が医者に報酬を払えない程貧しい場合を除いて、自分の管轄する教区の外で治療行為を施してはならない。というのは、牧師は憐れみ深いと同時に公正であり、他人の職業の領分を侵さず、自分の職で生計を立てるのが現在暮らしている国家に対する公正な勤めであるから。その公正さこそが愛の礎である。

（1）マイケル・ダルトンの『国の治安』(*Michael Dalton's The Country Justice* [1618]) は、当時、治安判事 (justices of the peace) の必携書であった。ハーバートがベマトンの教区牧師に就任した一六三〇年には、第四版が出た。治安判事の役割については、本訳書第三十二章参照。

（2）「教会の袖廊」（五〇連）には、「相手が一番よく知っていることに話題を向けよ／そうすれば、話し手聞き手双方とも快が得られる」（二九五—九六行）とある。

（3）解剖 (anatomy) は、ロバート・バートンの『憂鬱の解剖』（一六二一年）のタイトルに見られるように、当時流行した語。

（4）ジャン・フェルネル (Jean Francois Fernel) のこと。フランス王アンリ二世の侍医。その著、『医学大系』(*Universa medicina*, 1567) は、ハーバートの兄エドワードが、その自伝の中で称賛している。「医学関連の著作家の中では、ヒポクラテスとガレノスの次に、特にファーネリウス……を奨める。（中略）同様に、解剖学を推奨する。だれがそう考えようと、解剖をしても無神論者にならないと私は信じる。」さらに、植物学はジェントルマンに必須で、植物誌から挿絵と効能書を切り取り、薬草を採取する際、常に参照すべきであるとも述べている (*The Life of Lord Herbert of Cherbury*, pp. 23-24)。エドワードはまた、『チューターと教え子との対話』でも、本草書を学ぶ重要性を説く (*A Dialogue between a Tutor and his Pupil* [1768;

rpt. Bristol: Thoemmes Press, 1993], pp. 172-73)。

（5）野の花 (lilies) はマタ（六・二八）に、からしの種 (mustard-seed)、小麦の種 (seed-corn)、そして毒麦 (tares) は同書（十三・二四―三二）の天国の譬えに見出される。野の花については、本訳書十五章、訳注（1）参照。

（6）一説によると、ハーバートが国産にこだわるのは経済的な理由だけではなく、当時支配的であった「自然の親和力」がその背景にあるという。つまり、人間とそれを取り巻く環境は互いに引き合う力が働き、地産の薬草は舶来よりも薬効が優れているという考え方が根付いていたという (Whitaker, p. 237)。

（7）ダイオウ (rubarb) 中国原産の下剤・大黄は、シェイクスピアの『マクベス』（五幕三場五五行）にも登場する（木下順二訳［岩波文庫、一九九七年］一二七頁）。

（8）ダマスク系のバラ (damask rose) ジェラードの『本草書』（三巻一章）によると、バラの搾り汁、特にダマスク系のバラは、便意を催させお腹を緩める。だが、一番効果があるのはヤマイバラの搾り汁であるが、その次に効果があるものはダマスク系のものであり、より一般的に使用されている。（中略）バラの搾り汁は、他の強い下剤が必要ないときやそれを使うのが適切な処置でない場合、お腹を下し緩めるのに有益である、という (John Gerard, *The Herbal or General History of Plants*, The Complete 1633 Edition as Revised and Enlarged by Thomas Johnson [New York: Dover, 1975], p. 1263)。なお、ハーバートの詩「摂理」("Providence")では、「一輪のバラは美しい上に、治療薬でもある」（七八行）とあり、また「バラ」("The Rose")では、「一輪のバラより美しいものがあるだろうか。／それよりも芳しいものが。だが、下剤となる」（十七―十八行）とうたわれている。ちなみに、「摂理」では、「乳漿は［お腹を］緩めるが、牛乳自体は固まる」（一二三行）とある。

（9）アルメニアの粘土(Bolearmena) 底本の注解、および*OED* を拠り所に邦訳をつけた。

（10）オオバコ(plantain)、ナズナ(sheperd's purse)、ミチヤナギ(knot-grass) これら三つの草は、ジェラードによると、血の凝固に効き、止血剤として使用するとある（『本草書』二巻九七章、同二五章、同一七〇章）。オオバコに関して、シェイクスピアの『ロミオとジュリエット』（一幕二場五一行）では、その葉は向こう脛の傷に効くとある（平井正穂訳［岩波文庫、一九九八年］一三二頁）。ミチヤナギは、シェイクスピアの『夏の夜の夢』（三幕二場三二九行）では、生き物の成長を妨げると考えられている（土居光知訳［岩波文庫、一九八〇年］一二一頁）。

（11）聖ヨハネ草(Saint John's wort) 洗礼者聖ヨハネの祭日（六月二四日）の前夜に採取される薬草で、オトギリソウなどを指す（『本草書』二巻一五八章）。

（12）野生セロリ（Smallage）ジェラードを増補改訂したジョンソンによると、ケントやエセックス州で湿地の土手に自生し、"Water-parsley" や "Marsh-Parsley" とも呼ばれるという（二巻三六七章）。

第二十四章　議論する牧師

田舎牧師は、もし教区内に奇妙な教義を抱く者がいれば、ありとあらゆる手を尽くし信仰を共にするように刻苦勉励する。牧師が用いる手立ての第一は祈りであり、光の源である御父[1]に彼ら盲の目を開けてくれるように、そして説教が彼らの心に響くまで力を与えてくれるように懇願する。そうすれば、説教が彼らの心を効果的に貫き、考えを改めさせることができる。第二の手立ては、彼らをやさしく親切に待遇することである。何度も訪問し、人を遣わせ、税の取り立てやその他のことで彼らを優遇する機会を見つける。第三の手立ては観察することであり、彼らが拠って立つ主義・主張の根拠や支柱が何であるのかをよく見極めるとよい。もし教皇主義者［カトリック教徒］であれば、その人物が拠り所とする要《かなめ》は教会であり、もし教会分離論者[2]［ピューリタン］であれば、つまずきの石[3]が要である。

したがって、牧師はこれらふたつの精査に勤勉に取り組む。例えば、教会とは何であるのか、どのようにして始まり、どのようにして存続しているのか、それ自体が規則であるのか、規則を具えているのか、もし具えているのであれば、教会はその規則に支配されるべきではないのか、世俗の如何なる規則も不明瞭であり、そうだとすれば、少なくとも根幹をなす部分でも、至高の規則もそうであるのかなど。いくつかの点における不明瞭さは教会で実践されており、基底部における光の如き明瞭さは教会の指標となっている[4]。教会には、明証と実践の両方が必要である。それで、つまずきの石については、それが何であるのか、いつ与えたり受け取ったりするのか、また、ひとつは権威に従わないこと、もうひとつはつまずきの石を他人に与えないこと、というふたつの教会の戒めがあり、特に不服従にはつまずきの石が含まれており、後者を優先すべきではないのかどうか。かつて無関心事[5]であったものが、教会の権威ある命によりさらにそれ以上のものとなったが、それらを無視したり拒絶したりすることが我々の力の及ぶ範囲にあるのかなど。これらの点や似たような点を牧師は精確に会得し、その上、常にふたつの強力な援軍を味方に付けるとよい。ひとつは厳格な信仰生活であり、もうひとつは謙虚で真摯な姿勢で真理を探求することである。さらに、議論中は熱くならず[6]、口角泡を飛ばすような論争をことごとく避けるとよい。それら二種類の対処法は、道を誤った人々の目を眩惑する大いなる光[7]である。彼らは実際の生活では神の恵みを受けており、神が教義においても欠けていることなどあり得ないとの考えるに至る。

（1）ヤコ（一・十七）「良い贈り物、完全な賜物はみな、上から、光の源である御父から来るのです。」

（2）Cf. Ronald W Cooley, *"Full of all knowledge" George Herbert's Country Parson and Early Modern Social Discourse* (Toronto: University of Toronto Press, 2004), p. 43.

（3）つまずきの石と訳した原語は、scandal で、信仰の妨げとなる障害物 (stumblingblock) のこと。*OED* によると、"In religious use. Discredit to religion occasioned by the conduct of a religious person" とあり、この箇所を用例として挙げている。ロマ（十四・十三）、およびマタ（十八・六―九）、さらに本訳書、第二十二章参照。ハーバートは「四旬節」でも、scandall をその意味で用いている（十一行）。

（4）「神学」("Divinitie") には、「主が教授した教義すべては、その起源である天ほどに清澄であった。少なくとも、我らを救う唯一の真実の光は、如何なる火炎より輝きにまさる」（十三―十六行）とある。

（5）本訳書、第五章訳注（1）参照。

（6）「教会の袖廊」（五二連）にも、「議論の時は穏やかに、というのは、激しさは／過ちを過失に、真実を無礼に変えるから」(三〇七—〇八行) とある。

(7) イザ (九・二 〈一〉)「闇の中を歩む民は、大いなる光を見／死の陰の地に住む者の上に、光が輝いた。」

第二十五章　罰を下す牧師

田舎牧師が当局に助力を求め、告発とか懲罰など法的な異議申し立てをして手続き進める時はいつでも、その行為を一般の人は常に悪意の徴《しるし》と解釈するが、牧師は違反者に対して行動や振舞を変えず、従来どおりの扱いをすべきだ。また、懲罰の最中を除き、その違反者との面会を避けたり、あるいは毛嫌いをしてはならない。さらに、違反者がほんの一時《いっとき》関係を断たれ、懲罰によって前よりも屈従し従順にならなかったとしても、それでも牧師は違反者を敵ではなく、兄弟と見なすべきだ。もしその一時の関係遮断が運よく功を奏するのであれば、牧師は以前と同じように、すぐに違反者のところに駆け寄り温かく迎え入れ、好意を二倍にして、違反者の更正が自分にとても好都合であると、あらゆる手を尽くして示すとよい。

第二十六章　牧師の目

田舎牧師は奉仕活動から解放された余暇の時間、丘の上に立ち管轄の教区を見渡し、二種類の悪徳とその悪徳に染まった人を見つけ出す。その本質が常に明瞭・明白である悪徳には、例えば、姦通、殺人、憎悪、虚言などがある。その本質が少なくとも初期段階では不鮮明・不明瞭である悪徳には、例えば、貪欲とか大食などがある。同様に、周知の罪すら犯す人もいれば、罪だと明確に判れば慎む人もいる。実際、人々は長い間、罪だと知っていても、自分が可愛いので、その罪を責め立てる他人がいたら、難癖をつけやり込めてしまう。人は貪欲でしかも大食であり得るが、自分のことは棚に上げ両方を糾弾する説教に耳を傾け、自身でそれらを大まじめに非難もできる。その理由は、これら悪徳の本質が明確に議論されていないか、あるいはよく知られていないかであり、またその萌芽が容易には認められないからである。その萌芽がなぜ検知されないかというと、今しがたまで規範に則っていたが、途切れることさえなく突如として規範から逸脱するものへと推移するからである。よって、人は食事をしているとき、はじめは節度ある食べ方をしているが、食べ進むうちに、いつの間にか知らず識らずの内に限度を超えた食べ方になってしまう。それも、動作の境界線も分からず、その食べ方がいつ度を超え始めたかも分からずに。だから、人は必要な食糧を得ようとお金を貯める時も、現在のところは家族のために、将来は子孫のためにではあるが、その貯蓄がいつ規範を逸脱するのかほとんど判らない。けれど、今しがたまで善であった、その貯蓄が悪へと移行する期間、ならびに瞬間や中間点が存在する。それ故、職務に忠実な牧師は、美徳と悪徳すべての定義をすっかり篩《ふるい》にかける。特に、抜き足差し足で忍び寄り、萌芽が不確かな性質の悪徳を検討しなければならない。細かく言うと、先ほどのふたつの悪徳に関しては、それらが不明瞭で忍び寄る性質のもの全部であるという訳ではなく、実例の提示となり、さらにそれらは極めてありふれたものであり、牧師は以下のように考える。はじめに、貪欲の定義はこうだ。しかるべき時と場合にお金をまったく使わないか、あるいは神から与えられた分に見合った程度に使わなければ、その人は貪欲である。この定義の根拠は明白である。なぜなら、富はしかるべき時と場合に使う目的で与えられているから。さて、もし私「牧師」がすべての物をその目的に使う訳ではなく、また被造物を虐待し、さらに私を導く理性に不正を働けば、最高の裁定者である神が事物と理性両方に定めた命令に背き、神の怒りを買うことになる。この定義は無限に応用されるであろう。だが、簡略に言うと、貧乏人、母国、友人、食卓そして着物がそのしかるべき時と場合である。もし、これらすべての物とさらに自身に係わることにおいて、何もしないか切り詰めるか、倹約して神が定めた牧師の分不相応に血税を搾り取るようなことがあれば、私は貪欲である。(1) さらに細かく言うと、つまりすべてに当てはまる例をひとつ挙げると、もし家に召使いがいて、私が彼らにほとんど食事を与えないか、あるいは健康に害をもたらすもの、ある時には腐った肉を、またある時にはあまりにも塩辛いものや栄養にならないものを与えたとすれば、私は貪欲である。私がこの例を引き合いに出すのは、金で雇われた召使いはお金で買った品物と同じで、ひどい時には切断し、切り刻み、火にくべたりする木材とまったく同じような扱いを受けても、賃金を払ってしまえば、それでことは丸く収まると考えるのが人の常であるから。いや、さらにもっと細かく下世話な話をすると、もしある人が鋤を買う余裕があるのに、隣人の鋤を使うことを選び、それをすり減らすようなことがあれば、その人は貪欲である。それにもかかわらず、貪欲をこんな風に下世話なレベルに貶《おとし》め、狭義に考える人は少ない。だが、貪欲はそのように考えるべきである。どんな些細なことにも裁きがあり、それに裁定を下さなければならない。田舎の人々は小さな不正に満ち溢れている。彼らは他人のものを巧妙に利用し、自分のものを使わない。学者はこれらを熱心に観察すべきであって、スコラ学の一般的な規則を捨て去り、日常生活の瑣末な行動に目を向けるべきである。なぜなら、学者が書物にこだわっている間は、決して真実を見出すことはなく、田舎にどっしりと腰を据えて、職務を実直に果たせば、すぐにでも発見できるから。特に、もし目を常に見開き、己の昇進ではなく教区民の監督に目を見据えれば可能である。次に、大食の定義はこうだ。量に関して、健康や労働に支障をきたすほど食べるか、あるいは質に関して、美味しいものを意地汚く求める人がいれば、その人は大食漢である。例えば、身代《しんだい》をつぶすほど食する人がいれば、その人は放蕩者である。また、食べる順序やそれに費やす時間で食卓を囲む他の人々に嫌な思いをさせる人がいれば、その人は他人の信仰を誤らせる輩で、⁽²⁾愛があるとはいえない。これら三つの食べ方には、食べる時の罪過がほぼ含まれており、その信憑性は立証する必要がない。そういう訳で、人は健康を損ねるとともに、仕事の障害となり（なぜなら胃に負担がかかりすぎ、美味しいものを追求すれば、仕事を迅速に処理できないので）、さらに散財し兄弟の気を害するような食べ方をしてはならない。これらの食べ方のうち、一度きりの行為であれば、それは悪であるが、習慣となり常習となれば、大罪で大食と命名される。あたかも健康を自分で管理できるかのように、実際よりも自由の身であると考えている人は多いが、その人たちが苦痛に耐えるのであれば、それも悪くはない。しかし、自身に害を与えるほど食することには、その害の他、理性に背く行為が含まれている。なぜなら、自身を害することは自然の掟に背くことであり、理性を支配するとはいえないから。けれど、害を及ぼすことに関しては、私は一般の慣例や世俗の知識によって害があると見なされているものより、自身の経験から有害であると認めているものを食べることはない。害のある食べ物についての話は、害のある飲み物についても当てはまる。量については、聖職者に関する限り、神から授かった義務や天職に付随する義務を全うできなくなるほど食べてはいけない。したがって、もし食後の祈りやお勤めに支障をきたすなら（それくらい太りすぎたなら）、その人は大食漢である。すべての人が食後直ちにお勤めに励むわけではないが（というのも、特に学者や身体の弱い者はむしろ励んではならないので）、飲食がお勤めを阻むことがないよう、精進しなければならない。この点において、彼らを導く規則は三つある。その第一は、自身の身体をよく知り大切にすることである。つまりどういうものが消化によいのかを知ることである。第二は、食べているときの感触である。それに惑わされる人は多い（人は食べている時は、あとになって限界だったと判るよりも、たくさん食べることができると思うから）。第三は、どれくらいの食欲で食卓に着いているのかをよく考えることである。この最後の規則は、最初のものと一緒にすれば、必ず功を奏す。というのは、普通は何が消化によいのかを知り食事をすると、自身の体調はどうか、つまり空腹なのかそうでないのかを身に感じれば、感じたままに従って普段の量を食べたり、あるいは減らしたりできるから。さらに医者は、健康に暮らしたいと願う者に、一定の分量の食事を摂らないように、すなわち様々に分量を変えて、ある時は多く、ある時は少なく食べるように命じている。霊的な人物である**ジェルソン**(3)は、ほんの少しよりも、むしろたくさん食べるようにとすべての人に奨めている。その理由は、過食に由来する病よりも消耗性の病の方が危険であるから、という。しかし、牧師はその二重の目的から、道徳的な徳である節制と神聖な徳である禁欲とを区別する。愚鈍で肉欲の強い者に対処するとき、牧師は彼らに、緩やかな規律を与える。純化され天上の気質の持ち主に対処するとき、牧師は彼らを時に忘我の境地にまで高める。それも牧師には、彼らが自身のことを忘れても、彼らのことを気にかけている方の存在が解っているからである。ある時、人々が主の教えに飢えと渇望を感じ、あまりにも長い間待ちぼうけを食わされたので、空腹のまま帰れば気が遠のくほどであった。主はそうするのを許さなかった。そのような素晴らしい想念を挫《くじ》けさせるよりは、むしろ食べ物を奇蹟的に作り出した。(4)

（1）「教会の袖廊」（二六連）には、「倹約しなさい、だが貪欲になるな。それゆえ／困窮は名誉であり、友には然るべきものを与えよ。／守銭奴が立派な御仁であったためしはない。生きるために稼げ／生きてその金を使え。そうでなければお金を手にした意味はない。使うことでお金は卑しい石ではなくなるのは確か」（一五一―五六行）とある。また、『異国風俚諺集』（八五番）「お金は使ってこそ値打ちがある。」

（2）つまり、つまずきの石。本訳書、第二十四章訳注（3）参照。

（3）ジャン・ジェルソン（Jean Charlier de Gerson [1363-1429]）。神秘家でパリ大学の総長を務めた。当時、『キリストにならいて』（トマス・ア・ケンピス著）の作者と誤認された。

（4）マタ（十四・十五―二一）および同書（十五・三二―三八）参照。イエスはなけなしのパンや魚を増幅する奇蹟を起こして、数千人の胃袋を満たしたという。

第二十七章　陽気な牧師

田舎牧師はたいて陰鬱である。なぜかというと、彼が知っているものといえば磔刑の十字架だけで、彼の心は主が固着された釘で十字架に打ち付けられているから。あるいは、もしそこから視線を逸らす暇があれば、必ず最も悲しいふたつの光景、罪と悲惨を見る。毎日、神は辱を受け、人は苦悩する。それにもかかわらず、牧師は時に気分転換をして、自然界に永遠にうなだれるものは何もなく、また陽気な気質[1]が善行を為す秘訣であると知るべきだ。なぜなら、人は皆、永続する厳格さを避けるのみならず、重苦しい雰囲気の中にあって、教導するにしても気晴らしで味付けすれば、早く深く心に染み込むものだから。したがって、牧師は自分や他人を含めて、人間の弱さにまで降りて行き、聴衆の意向に応じて、時には説教の中に笑いを混ぜてもよい。

（1）　陽気な気質の原語は、pleasantnesse of disposition。本書第十八章では、悪や口論の矛先をかわす手段に使われている。

第二十八章　軽蔑される牧師

田舎牧師は次のことを十分に心得ている。つまり、その聖職に課せられた世間一般の汚名と、さらに自らの判断で遵守しようと心に決めた規範（その規範は本書の中で述べられている）の故に、牧師は軽蔑されると。(1) なぜなら、これは神とその聖徒たちに定められた宿命であり、世の終わりまで不変だと予め定められているので。それにもかかわらず、使徒「パウロ」の掟(2)によれば、牧師はだれからも軽蔑されないように努力すべきだという。特に、管轄の教区においては、力の限りを尽くして、軽蔑されないように。というのも、軽蔑あるところに、教導の余地はないから。これを牧師は、第一に、非の打ち所のない信仰生活によって手に入れる。そうすれば、周りから敬意が払われ、軽蔑されることはない。第二に、礼儀正しい振舞と人の心を惹きつける行動によって、手に入れる。尊敬されたいと思う者は、他人を尊敬しなくてはならない。(3) だが、少なくとも軽蔑するような輩には、こちらから親切にしても、決して相手の親切に与《あずか》ってはならない。そうすることにより牧師の矜持が証明され、堕落して高慢にならなければ、安易に軽蔑されることはない。第三に、もし必要とあらば、教区の有力者でさえ、物怖じせず公平無私に叱責することによって、手に入れる。この行為で叱責される者は嫌悪感を抱くかも知れないが、決して当人や他の者から蔑《さげす》むような目で見られることはない。最後に、もし侮蔑が法令によって罰せられる程度にまで続けられ、しかもその執行手続きが目前に迫ってもなお軽蔑を止めなければ、「教区牧師はその人物と原因の両方をしかるべく斟酌しても、その問題全体を当局の取り調べと懲罰に委ねる。」宣告がひとりの人物に下れば、全員に対する見せしめとなる。しかし、軽蔑が法令によって罰せられても罰せられなくても、教区牧師は軽蔑する当の本人と争うのを、適切でないか無益であるとの分別を持ち、だれかが軽蔑するようなことがあれば、一言も返答せず、へりくだった態度で、その侮蔑を受け入れるか、あるいは見下すような目つきで、その非難中傷は彼が住処としている天上に向かって石を投げるのと同じで、痛くも痒くもないと解らせてやればよい。あるいは真面目な顔つきで、彼自身と他人の罪を嘆き悲しめばよい。そのような輩は絶えず神の律法を破り、常に神により満たされ養われた口で神を冒瀆する。あるいは諭すような口調で、その誹謗中傷者に、ああ、なぜあなたはこのようなことをするのですか。あなたが傷つけているのは、私ではなくてあなた自身ですよ、他人に向けて石を投げれば自分に当たりますよ[4]、と言い聞かせればよい。そうすれば、やさしく道理を説き憐れむうちに、その人物は悪事を克服できるというもの。そうでなければ最後に、勝ち誇った様子で、神から慰安を与えられており、かつて神が存在したこの世にあって救済の確約を手にしていることを心の底から喜んでみせるがよい。以上のものが五つの楯で、その楯で悪しき者が放つ投げ槍を受け止める。怒りや報復それに復讐をこの世の子ら[5]に任せよう。その子らは、他人の悪事に何ら抵抗することなく征服され、捕虜となっている。たとえ抵抗したところで、破滅することに変わりがないが。というのも、彼らは罵倒する相手に抗う間は、自分たちを虜にしている邪悪、さらにもっと凶悪な敵に抗えないから。

（1）　ウォルトンの伝記によると、ハーバートが聖職者になる決意を友人に明かしたところ、階級の相違から反対されたが、次のように返答したという。「天の王、神に仕える僕［聖職者］は、この世では貴族出身であるべきだと、かつては考えられていた。近頃は不当な考えによって、聖職者の評判も地に落ち、司祭という神聖な名も軽蔑されるようになったが、けれど私は、もてる学識のすべてと僅かながらの才能をすべて、それらを賜った神の栄光を高めるのに捧げ、聖職者の名誉回復に尽くしたいと思う」(Walton, p. 277)。また、田舎牧師のジョスリンも、教区民から好かれていないのではないかという強迫観念を持っていたらしい。「教会から出るとき、だれひとりとして私に話しかけなかった。神よ、私は軽蔑されています」と嘆いている(Macfarlane, p. 31)。

（2）［一］テモ（四・十二）「あなたは、年が若いということで、だれからも軽んじられてはなりません。むしろ、言葉、行動、愛、信仰、純潔の点で、信じる人々の模範となりなさい。」

（3）『異国風俚諺集』（四二七番）「尊敬しない者は、尊敬されない。」

（4）同じような俚諺的表現が詩にも見出せる。「呪文と難問」（"Charms and Knots"）には、「他人の頭に向けて、悪口の石を投げれば、／自身の頭に当たる」（九―十行）、また「確信」（"Assurance"）には、「君が投げた骨が、／自身に跳ね返り、喉につかえる」（三九―四〇行）。

（5）この世の子ら（the children of the world）とは、現世の栄耀栄華にのみこだわる不信心の輩。ルカ（十六・八）参照。

第二十九章　牧師と教区委員

田舎牧師は教区委員に、如何に大きな役目が課せられているのか、しかも教区内の秩序と規律とがすべてその手中に委ねられているのかを、公私にわたり幾度も教える。もし牧師自身が何かを改めるとしたら、それは道義心の横溢から行なうのであるが、それに対して教区委員は命令や宣誓によって行なうのである。委員の地位は教会法によって確たる位階が与えられている訳ではないが、一般の法令すら委員の集まりをある種の組合、つまりその名前によって家財道具などの動産を押収したり、そのような動産に関して教区民の都合と利益のために、法廷に訴えたり訴えられたりする人の集まりと見なしている。また、その一般の法令によって、教区委員は、教会に通うのを怠り、あるいは礼拝の時に狼藉を働く者に罰金を科すことができる。それ故、牧師はその地位を下層階級の人に割り当て賤しく質の悪いものにしてはならず、教区内でも最高の地位の人に就任してもらうように促すべきである。しかも教区委員になったからといって、何かを失ったり損をしたりせず、逆に得をすると示すとよい。なぜなら、神に仕え神に尽くすことは、この世で最高の栄誉であり、**ダビデ**が述べているように、神の家の門番[1]になることこそ栄誉であるといえる。さて、教会法は教区委員の規則であり、牧師は委員にそれを読むように助言し、何度も彼らが朗読するのを聞くとよい。教会法に基づく視察訪問条項もまた同様である。そうすれば、委員は自分たちの職務を知り、宣誓をさらに守ることになる。その点に関して、牧師は教区委員の地位の重さと宣誓のさらなる重大さを考慮し、たとえゆゆしき事態でなくとも、委員がすべてに労を惜しまないように望む。しかし、やさしく親切に何度か告諭したあと、それでも悪事に固執する違反者がいたら、委員がその違反者の借地人であったとしても、あるいは違反者に仕える身であったとしても、告発しなければならない。委員の神への義務と彼ら自身の魂は、現世のあらゆる束縛を超えている。善きこと正しきことを為せば、あとは如何ようにもなる。[2]

（1）詩篇（八四・十〔十一〕）「不敬の輩の天幕にとどまるより、あなたの家の門番としてください。」

（2）“Do well, and right, and let the world sinke” の訳語。『異国風俚諺集』（八一八番）には、「為すべきことをなせ、そうすればなるようになる」（“Doe what thou oughtest, and come what come can”）とある。本訳書、第六章訳注（4）参照。

第三十章　牧師と神の摂理

田舎牧師は、田舎の人々が抱きそうな固定観念について考究する。つまり、彼らの勝手な思い込みによると、万物はある種、自然の成り行きによって生じ、大地に種を蒔き肥料を施せば穀物が収穫でき、牛を飼い飼料を十分に与えれば牛乳と子牛が手に入るという。田舎牧師はそのような固定観念を考慮した上で、田舎の人々に森羅万象の内に神の御業を見るように、また万物は固定した秩序の中にしっかりと収まっているのではなく、神は報い罰するのに相応しいと考えるならその秩序を変えることがある、と務めて信じさせる。この目的のため、神には人間に関わる全般に三通りの力が具わっており、神はその力を行使することがあると、牧師は教区民に明らかにする。その第一は維持する力であり、第二は統治する力、そして第三は霊的な力である。維持する力によって、神は存在する森羅万象を保持し活性化させる。穀物は神が必要に応じて与え続ける力によってのみ生長する。神による供給がなければ、泉が涸れると川が干上がってしまうように、穀物も即座に枯れてしまう。そして、決まった道を辿り、活動を永遠に続けられると不遜にも豪語するものが何かあるとすれば、それは確かに、激烈・強大・獰猛な気象をもった中天の太陽であるか、あるいは、地上の火であることが見て取れる。だが、もし神が望むなら、その太陽もじっと動かず、火も燃焼することがない(1)。神は統治する力によって、事物同士の関連性を保持し調整する。穀物は生長し、その生長の過程で神の維持する力によって保持されるのだが、神が統治する力で他の事象、例えば季節や天候やその他の出来事を、穀物の生長に合致させなければ、豊作も無に帰してしまう。そして、神は、人間が神の力を身に感じ感謝し敬うのを喜ぶのが見て取れる。それ故、危険が過ぎ去ったと思われるとき、神は物事を台無しにすることが多く、それは神が干渉する時である。例えば、商人が幾度となく嵐を避けたあと、ようやく船を母港に着岸させると、神は時に接岸したまさにその港で船を破壊してしまうことがある。あるいは、もし商品が積載されていたら、火災を起こし焼き尽くしてしまう。ところで、神がなぜこのようなことを行なうかといえば、それはたとえ如何に運が味方しようとも、人間に神への帰依を怠らず続けさせるためである。だから、農夫が一年を通して神を恃《たの》み、収穫のため手に鎌をかける準備が整い、もう安全に干し草を積み上げられると思えば、その刹那に神は穀物をなぎ倒し、全滅させるような天候の異変をもたらすのである。あるいは、もし農夫が穀物を納屋に収めるまでは神を恃んでいたが、そのあとすっかり安心であると考えたとする、すると神は火災をもたらし、持ち物すべてを灰燼に帰す。そのために、農夫は神に対する依存を怠らず続けるのである、それも穀物の刈り入れ時だけではなく、その後も。そして農夫は常に神を恃み畏れるようになる。三番目の力は霊的なもので、それによって神は外面的な祝福をすべて内面的な福徳に変える。だから、もし豊作で、農夫が十分に収穫したあと納屋に収め、そしてそこで穀物を安全に確保したとしても、それを売りさばく恵みを神より賜らなければ、農夫の利益はすべて失われてしまう。霊的に進歩しないよりは、穀物が焼けて失われる方がよい。そしてこの点において、神の善意が如何に人間の頑迷固陋《がんめいころう》を矯正するのか見て取れる。人間はこの世に居座っているようなもので、神は人間にそれを売り払い、さらによいものを買い取るように命じる。それはちょうど、父親が手に林檎を、そしてその下に金貨を隠し持っているようなもので、子供が来て袖を引き父親の手から林檎を取ろうとするが、父親は林檎の代わりに金貨をやるからそれを捨て去れと言う。その申し出を子供はまったく顧みず、林檎を食べ、虫に悩まされる。それと同じで、現世的で頑迷な人間はこの世では墓場の蛆に、あの世では良心の蛆[2]に悩まされる。

（1）ヨシュア記（十・十三）には、「日は、とどまり［中略］日はまる一日、中天にとどまり、急いで傾こうとしなかった」と、また出（三・二―三）には、「柴は火に燃えているのに、柴は燃え尽きない」とある。

（2）良心の蛆 (the worm of Conscience) とは、呵責の念のこと。シェイクスピアの『リチャード三世』一幕三場二二一行（松岡和子訳［ちくま文庫、一九九九年］五二一頁）参照。

第三十一章　牧師と自由の身

田舎牧師は、（時に神から神の僕を遠ざけ、時に神に仕える僕を当惑させる役目を果たす）サタンの幾重にもとぐろを巻いた奸計を察知した上で、キリストにより解放された我らの自由を堅持する。この自由を牧師は、任意と必須という区別を設け会得する。例を挙げると、当然の勤めとして、キリスト教徒は皆、健康であれば平日は二度、日曜は四度、祈りを唱える。(1) これはキリスト教徒にとっては必要欠くべからざる勤めで、これなしにキリスト教国では生きていくことはできない。この他に、信心深い人は常に祈りの時間を設けなくてはならない。例えば、九時や三時、または深夜に、あるいは自分で相応しいと思うか、理由があるか、いやむしろ神の霊が導く時に。しかし、これらの祈りは必須ではなくて、任意である。ところで、敬虔な祈願者が日中の予期せぬ邪魔とか、あるいは寝すごして、付加的な祈りを怠ることがある。このため心は乱れ当惑し始める。サタンは絶妙のタイミングを見計らって、キリスト教徒の心を惑乱しようと火種に油を注ぎ、築き上げた信仰の地位から降格させるべく当惑の火炎を上げて燃焼させる。やがて、その当惑は燎原の火の如く燃え拡がり、信仰の勤めが果たせなくなってしまう。心乱れた状態ではなく、落ち着き払った時には十分に果たせたものを。

ここで牧師は先の区別をもって調停に乗り出し、当惑したキリスト教徒に、この祈りは必須ではなく任意で、強制ではなく自発的に行なうものであり、その時に果たせなかったとしても、決して心を悩ます種にはならない、と明示する。神はその時のことを本人と同様にご存知で、しかも慈悲深い父親のように、たまたま祈りを休止したことを嫌うよりは、むしろ常日頃祈りを続けていたことを重視する。このことを自分に言い聞かせるかのように、良心の咎めをほんの少しも感ぜず、あたかも邪魔されなかったかのように、快活に振舞い続けるとよい。このことによって、特に常に繊細で鋭敏な心の持ち主、つまり篤信の者にとっては、先の区別がとても有益であり慰めとなることは明白である。しかしここで、加えるべきふたつの用心がある。ひとつ目は、この休止を懈怠や怠慢のために為さないように、という用心である。それはもし篤信の者がそのような休止を、そうなる前にでき得る程度に予見し未然に防ぐなら、自ずと明らかになるであろう。それでも実際に中断してしまった時は、少し気にかける程度にして、思い悩み苦悩してはならない。後悔するにしても、深い悲しみではなく嫌悪する程度にとどめておくのがよい。ふたつ目は、この休止を羞恥心から為さないように、という用心である。例を挙げると、篤信の者は迷信からではなく、神の家に対する崇敬の念から、教会に足を踏み入れる時はいつでも、跪き神を称えながら、どうか人々の間に御座しますようにと、あるいは、神が自分の家―教会堂―に赴かれる時はいつでも、その偉大な存在に相応しい振舞をしてくださるように嘆願して祈る決意をする。しかも手短に。しかし、たまたま祈ろうとしている場所の近くに、嘲笑する悪漢を認め、その輩が祈りの行為を嘲弄しそうなとき、恥ずかしさか怖れのために、普段の習慣を怠るなら、その者はひどい罪悪を為すことになる。それだけいっそう祈りを続けなくてはならないのに、この行為により祈りに屈辱を持ち込むことになろう。他方、もし私が早急に病人を訪れることになり、近道に教会があっても、私はそこで祈りを済ませないで行く（だが、通過するとき心の中でのみ済ませる）。この種の祈りは必須ではなく任意で、もう一方の義務の方が大切である。したがって、もし良心の呵責が頭をもたげるなら、私はそれを捨て去ってしまうが、神の不興を買うことにならないと確信する次第である。この区別はキリスト教すべての勤めに当てはまる。そして、それは信心深い人々にとっての大黒柱であり不動の台座である。

（1）本訳書、第八章訳注（1）参照。

第三十二章　牧師の俯瞰

田舎牧師は管轄する教区内の住民の罪を個別に調べるだけではなく、時代の病弊について広く全体を見渡すべきだ。そうすれば、何かの機会に教区の外に出たとき、あるいは見知らぬ人が訪ねてきたとき、その病弊に遭遇してもより慎重に身構えることができる。牧師はこの国全体に蔓延する大罪が怠惰であるとみなす(1)。怠惰はそれ自体大罪で、及ぼす影響力も絶大である。人は何もすることがなければ、酒を飲み、盗みを働き、女を買いに行き、嘲笑し、悪口雑言し、あらゆる種類の賭事に走るようになる。さあ、何もすることがないのだから、居酒屋や売春宿などに行こう、と彼らは言う。それ故、教区牧師はどこに行こうとも、この罪を容赦なく敵視する。怠惰には二種類ある。つまり、ひとつは職に就いていないこと、もうひとつはお座なりな働き方である。それ故、牧師は、まず生業の必要性を皆に説く。この主張の拠り所は、人間の本質から導き出される。つまり、神は人間にふたつの素晴らしい道具、魂には理性を、身体には手を与えた。それによって我ら人間は仕事に携わるようになった。楽園においてすら、人には仕事があった。まして楽園の外では、なおさらである。現在陥っている悪事が仕事によって妨げられ回避されるのは道理である。その上、天賦の才、すなわち己の能力は、我が主に決算報告をして、主のために増殖すべき才能《タレント》である。(2) さらに、仕事に就くのもまた国民の義務であり、だれひとりとして無為徒食にあらず働き者であることが国家にとっても重要である。最後に、富は神より授かった祝福であり、素晴らしい善行を為す偉大な道具である。それ故、よい仕事に就いていないなら、すべての者はしかるべき時に実直に財を成すように努力すべきだ。さて、この道理は、持っているものを売りなさい、という救い主の教えに反するものではない。(3) なぜなら、物をすべて売り払い貧しい者に施すと、我々は怠惰にならずに、**パウロ**の掟、つまりエフェ(四・二八)、［一］テサ(四・十一―十二)に従って、(4) さらにもっと施しができ収入が得られるように、仕事に励むから。したがって、救い主の売りなさいという教えは、**パウロ**の働きなさいという掟に抵触するどころか、無一文の者が働くのに最も相応しく、主の教えは使徒の掟をむしろ裏書きする。さて、この教義にただひとり背くのが伊達者であり、他人や自分自身すら欺くほど小賢しく、靴を修繕したらよいのか、何をしたらよいのかなどと、すぐにでも訊いてくる。そういう次第だから、教区牧師は動ぜず、仕事を捜している人には、「立派で相応しい」仕事に事欠かない、と説いてやればよい。それでも万一、そのようなことになれば、次のように言えばよい。すべての者は職に就いているか、そうでなければ就く準備をしている。仕事をしていない者、あるいは今のところ仕事にあり就けない者は、心から真剣に準備をすれば、就職の域内にあることは確かであると。それ故、ある人物がその職に相応しいか、逆に職の方がその人物に相応しければ、すべての者は即座に職に就くことになる、あるいはどんな仕事に一番相応しいかを他人の助言を仰ぎ念入りに吟味し、全身全霊を傾けて勤め口を探すことになる。ところで、各論を展開しても、この非常に有用な点においては、的外れにならないであろう。精確は各論に宿るというから。人は独身か既婚のどちらかである。妻帯者の家長は、義務を果たそうとすれば、それで手が一杯になる。家庭内に家長の仕事はふたつある。その第一は、家族の改善で、主を畏れるよう養育し躾けることである。その第二は、土地の改良で、意図的に水浸しにし、水を汲み出し、家畜を入れ、あるいは柵をつくるなどして、彼自身や近隣のために管理して一番よい状態に保つことである。**イタリア**のことわざに曰く、己の仕事をして手を汚す者はない[5]。善行を為せるように、すべての者が家政の増進に尽くすことは、誠実で正しい務めであり、己の領分を超えるものではない。しかし、家長が世話する一番の対象は家族であり、キリスト教徒の魂を手塩にかけ、それを頂点にまで、いや天にまでも育て上げなくてはならない。つまり、手入れと剪定をしながら、子供や召使いをまっすぐに成長させることに、庭師が精選した木に対して抱くのと、同じ喜びを抱かなくてはならない。妻帯者の家長がこの喜びに気づくなら、屋敷を離れることは滅多にないであろう。だが、今のところ、どこであろうと、家長がほとんど家にいないのが現状である。しかし、すべての用事を急いで済ませたあと、目を外に向ける暇を持てるほど、その家長の家族が小さく、しかも家政を器用にさばく技量が高ければ、現在暮らしているか、あるいは近くにある村や教区が職場になる。そこの一人ひとりに気を配り、個人的に彼らを助け、町や村の全住人を前にして、その土地を検分して考えられる限り、公共の備蓄を増やし、共有地や森を管理する方法を提案する。しかし、治安判事の一員であれば、それにまさるものは何もない。世の如何なる国家も、治安判事にまさる立派な制度はない。その制度は国の至る所に散在し、しかも公安の責任を持つ数多くの役人たちを意のままに操れ、しかも王の身の安全を確保するだけではなく、自分たちが暮らす地方の貴族やジェントリー階級の名誉職であり、善行を為し、己の身や国家全体に対して問題を起こしそうな輩を取り締まる権限が付与されている。それ故、それほど立派な地位に相応しい判断力、それも成熟していて揺らぐことのない判断力を持った人すべてが辞退せずに、むしろ進んで就任するのが当然である。しかるに、通常その地位に三つ異議が唱えられる。そのひとつは、職権乱用で田舎にありがちな少額の賄賂を受け取ることである。ふたつ目は、特にある州では、身分の低い者に治安判事に就かせることである。最後は、任務の煩わしさである。善良な人間であれば、これらの異議のためその地位に就くのを思い止どまることはなく、むしろ真の過誤や不正な中傷からその威厳を取り戻そうと心に火が点くはずだ。さて、独身者については、家督を継ぐ嫡男か次三男かで話が違う。嫡男は将来に備えて、前述のすべての点を踏まえ準備をする。それ故、彼らは家を管理し家庭の仕事をこなす父親の思慮分別を見習い、その他もし教育や家政で素晴らしい点があれば、立派な果実を見つけ接ぎ木を手に入れたとき、家屋は顧みずとも果樹園は豊かにする庭師と同じように、十分注意してそれをいずれ自分自身の家庭に移植するとよい。その上、嫡男は司法関係の書を、特に法令集（一般法規）を読まなくてはならない。神学の良書については、考慮しなくてよい。なぜなら、今のところ我々は職業とその準備について述べているところであるから。でも、とりわけ嫡男は、頻繁に裁判や巡回裁判に赴くべきだ。というのは、少なくとも暮らしている州では、裁判に出廷することが、判事や治安判事に対する敬意の表明となり、慣例法である以上、その地方の慣例を知れば、十分に利することが多いから。ある時には、善悪が蔓延《はびこ》る名高い場所である宮廷に参内することがあるかも知れない。またある時には、王の領土を旅して廻り、王国を小分けにして毎年少しずつ踏査する。議会が開かれている時には、できる限り所属の州や都市選出の代議士⑹となるように努める。議会にまさる学校はない。そして、議員となれば、午前中の通常議会⑺に出仕するだけではなく、［午後］様々な委員会に出るべきだ。というのは、そこでは個別の議題が細かく審議され、そのあと議会に持ち込まれ広く扱われるから。このように公の場に引っぱり出されることがなければ、家にいる時は毎朝、軍馬⑻に乗るか、あるいは軍事教練をする。というのは、当代、ジェントリー階級の青年男子は、坐りがちな生活のため、身体が鈍り武器もろくに使えなくなっており、その使い方を知らなくてはならないから。農民が自分たちのために一生懸命働くように、そのようにいざ鎌倉というとき、交戦し身を守る。これは人々が互いに負う義務で、遂行しなければならない。教区牧師はあらゆる物事に正義を愛し助長する者である、**洗礼者ヨハネ**がすべての者（兵士にさえ）にしかるべき助言を与えたのとまったく同じように。(9) 次三男については、彼らを牧師は自由気ままであると考え、それも親は彼らを職に就けず、その親の怠慢たるや、この点においては許容できないばかりか、一族や国家に対して恥ずべき悪業となっている。彼ら次三男に、衣装に凝り、お世辞を言い(10)、互いに訪問し合い、遊んで時を浪費することが非合法であることを示したあと、牧師はまず、立派で賢明な知識として、民法の勉強を奨めるべきある。その民法を受け持つ教授連は、**エリザベス**女王によって重用された。その理由は、民法が商業を拡張する鍵であり、諸外国の規則を明らかにするからであった。次に牧師は、数学が奇跡を起こす唯一の学問であり、それ故最高の頭脳を要するものとして奨める。これら諸の知識を得たあと、牧師は二種類の優れた分野、つまり築城学と航海術とを習得するように強く勧告する。前者はあらゆる国に有用であるが、後者は特に島国に役立つ。しかし、若い伊達者が、これらの学問は退屈であり眠気を誘うというなら、かれらは新大陸の植民地以外のどこで働けるだろうか。そこでの勤めは、立派な仕事であるばかりか、そのように扱われているように、宗教関係の仕事でもある。(11) 伊達者を**ドイツ**や**フランス**に送り込み、製造の技術を視察させ、幾人かの者が最近成し遂げたように、我が国の国益のためにその技術を持ち帰らせるとよい。

（1）「教会の袖廊」（十六連）にも、「ああ、英国よ、罪にまみれた国、なかでも怠惰に」（九一行）とある。

（2）マタ（二五・十四—三〇）参照。ある主人が遠出をするに際し、下僕にそれぞれの能力に応じて一タラントン、二タラントン、五タラントンを預け、戻ってきたとき決算報告をさせる。一タラントンを与えられた者だけが利殖を得られず、主人の不興を買う。タラントンは古代ギリシア・ヘブルの通貨単位で、英語のタレント（talent）はこの語に由来する。

（3）マコ（十・二一）「行って持っている物を売り払い、貧しい人々に施しなさい。そうすれば、天に富を積むことになる。」

（4）エフェ（四・二八）「……労苦して自分の手で正当な収入を得、困っている人々に分け与えるようにしなさい。」［一］テサ（四・十一—十二）「自分の仕事に励み、自分の手で働くように努めなさい……」

（5）『異国風俚諺集』（四一九番）「自身の仕事をする者は、その手を汚さない。」

（6）ハーバート自身、ウェールズのジェントリー階級出身の五男であり、一六二四年、故郷のモントゴメリー都市選挙区選出の下院議員として、ジェイムズ一世の議会に出仕し、ただひとつではあったが委員会にも属した経験がある（Amy M. Charles, *A Life of George Herbert* [Ithaca: Cornell UP, 1977], pp. 104-12）。

（7）原文では、"he must not only be a morning man, but at Committees also. . ." となっている。底本とは別の注に拠った。"morning man = one who merely attends the regular morning sessions" (G.H. Palmer, I, 425).

（8）軍馬に乗る (ride the great horse) この語句は、後代、ジェントルマンの素養のひとつに数えられるが、その起源は、兄エドワード・ハーバートの『自叙伝』にある。「私がもっぱら行なっていて子孫に最も奨めたい身体の鍛錬法は、馬術（軍馬に乗ること）と剣術（フェンシング）。このふたつでは、英国式、フランス式、イタリア式のいずれにおいても達人の域に達している」(*The Life of Lord Herbert of Cherbury*, p.31)。

（9）ルカ（三・十四）「兵士も、『このわたしたちはどうすればよいのですか』と尋ねた。ヨハネは、『だれからも金をゆすり取ったり、だまし取ったりするな。自分の給料で満足せよ』と言った。」

（10）「教会の袖廊」（十四連）でも、ハーバートはジェントリー階級の子弟に向かって、非生産的な怠惰を捨て去るように教導する。「怠惰を吹き飛ばせ、けれども、それは、着飾ったり、／恋人と戯れたり、お世辞を言ったりすることで果たせるものではない」（七九―八〇行）。また、ジョン・ダンの「聖職者になったティルマン氏に」にも、似た表現がある。「その彼らは、あたかも終日、衣装に凝り、恋人と戯れ、／お世辞を言うのに費やすというのに」（二九―三〇行)。底本の編者ハッチンソンは、極めて常識的に、先輩詩人から後輩への影響を指摘する(Hutchinson, p. 477n)。しかし、ウォルトンの伝記を科学的に検証したノヴァーは全く正反対の説を唱える。つまり、世間的に著名な説教家が青年ハーバートを強く意識して、類似する語句を自分の詩作品の中に採り入れたと主張する。地位も名声もない一青年ハーバートの葛藤に刺激され、大説教家がかつての自分の姿にダブらせて心情を吐露したとするなら、やはり確証はないものの、通常考えられるのとは逆で、その意味ではユニークで示唆に富む仮説である(David Novarr, *The Disinterred Muse: Donne's Texts and Contexts* [Ithaca: Cornell UP, 1980] pp. 108-15)。

(11) ハーバートは「戦闘教会」(“The Church Militant”)で、「宗教は、我が国では、つま先立ちをして、/今にも**アメリカ**の海岸を目指して、移住しそうだ」(二三五―六行)と預言的な句を残している。ハーバートの継父ジョン・ダンヴァーズはヴァージニア会社に投資し、友人ニコラス・フェラーも関与していた。Cristina Malcolmson, *Heart-Work: George Herbert and the Protestant Ethic* (Stanford: Stanford UP, 1999) を参照。

第三十三章　牧師の蔵書＊

田舎牧師の蔵書は信仰生活である。蔵書が信仰生活を生み出すという祝福に加えて、何よりもまず神の国を求めれば、他のものはみな加えて与えられるという約束[1]があり、信仰生活自体でさえ説教となる。なぜかといえば、善人が包囲される誘惑とその誘惑を克服するのに用いられる様々な方途は、私的な人の集まりや教会堂において他人に語れば、説教となるから。食卓で自分の食欲に対する処し方を考究している者が、もし他人にそれを語れば、説教となる。しかも、書物から抜き書きした節制の規則よりも、さらに感情のこもった的確な説教となる。したがって、牧師は心の中の情欲と情念すべてと、そして大軍をなす心の外の誘惑とをよく研究しており、それらを克服して勝利したのと同じ数だけの説教をすでに記してある[2]。このことは医術にも同様に当てはまる。肺結核を患っており、その治療法を心得ている者は、同じ病と気質に対処する限り医者となり、広く医術を学んだが一度も病気になったことがない医者よりも処置がうまく、個々に対処できる。そして、ある人があらゆる病気に罹って、自分の知っている治療法で快復したとする。すると医術と思いやりの両方の点で、その人ほどすぐれた医者はいない。神学においても、事情はまったく同じで、しかも明白な理由がない訳ではない。というのは、誘惑の形態はキリスト教徒一人ひとり万様であるが、勝利の姿は、同一の霊によって為せる業で、すべてに同じであるから。これはキリスト教徒の生活の戦闘状態ばかりではなく、平和状態においても真実である。(3) 例えば、神の僕がしばらく誘惑から解放されて、心地よい静謐の中で神を喜ばす方法を捜し求める時にも当てはまる。このような次第で、牧師は悔悟が福音最大の福徳であり、神を喜ばす第一歩であると知っており、さらにその本質を自分でも使うためよく精査しており、他人にも説明することができる。そして特に、その人物の悔悟が本物か、あるいは少なくともそうあるべき程度において本物かどうかを疑ったあと、その理由は神の怒りを買うことよりも、現世の物を失うことの方により多く涙を流すのを往々にして目にするからであるが、最終的には次の解答に至る、つまり悔悟というのは、その言葉の原義が意味するように、(4) 身体ではなく心の行為であると、そして聖書の神が要求する主要なものは心と霊であり、真理と霊をもって神を礼拝することであること。(5) それ故、もし万一キリスト教徒が涙を流そうと努めて、できなかったとしても、我々は身体の支配者ではないので、それで十分である。したがって、悔悟の本質、それは神の子供すべてに同じであるはずで（涙を流すことに関しては、ある者は他の者より涙腺が緩《ゆる》い性質であり、同じとは言い切れない）、魂を忌み嫌うこと、罪を嫌悪し捨て去ること、そして心の真理と新生をもって神を見ることにあり、その悔悟の行為は神の僕すべてに見出され、また見出されなければならない。それは涙に益がないというのではなく、というのも身体が罪の中で喜びを感じるのと同じように、身体は悲痛の中で喜び得るので、そうではなくて他の行為が有益である、つまり涙が必要不可欠ではないからである。したがって、涙がでない人も、悔悟の他の行為を実践すれば、滝のように涙を流す人と同様、真に悔悟しているのである。この教えと慰安とを牧師は自分で体得していて、それを他人に語れば説教となる。キリスト教の他の徳、例えば、信や愛、そしてそれらに付随する良心の問題[6]においても、牧師は同じことをすべきである。そうする中で、牧師はまずは自分に、その次に他人に説教することになる(聖**パウロ**が牧師の行なうべきことを、**ロマ**(二)[7]で示唆しているように)。

＊「牧師の蔵書」と題するこの章は、もっぱら牧師の経験を賛美することに終始し、書物に関する記述は見あたらない。底本の編者は、章のタイトルと内容はほとんど一致せず、パラドックスを意図しているのでなければ、おそらく誤って章題が付けられたのであろう、と注記する(Hutchinson, p. 563)。他方、詩と同様散文においても、常に学問や技巧よりも経験と感性を重んじたハーバートは、牧師の蔵書はその信仰生活に他ならないというパラドックスを表明したと考える批評家もいる(Richard Strier, *Love Known: Theology and Experience in George Herbert's Poetry* [Chicago: University of Chicago Press, 1983] pp. 198-99)。

（1）マタ（六・三三）「何よりもまず、神の国と神の義を求めなさい。そうすれば、これらのものはみな加えて与えられる。」ルカ（十二・三一）「ただ、神の国を求めなさい。そうすれば、これらのものは加えて与えられる。」

（2）原文では、"the parson . . . hath ever so many sermons ready penn'd, as he hath victories" となっている。ハーバートは「ヨルダン川（二）」("Jordan [II]") でも、"readie penn'd" という語句を用いている（十七行）。

（3）戦闘状態と平和状態は次章の冒頭で規定がなされる。

（4）悔悟 (repentance) はラテン語 "paeniteo" の派生語で、原義は「後悔する」("regret / repent") である。詩篇（五一・十七〔十九〕）「神よ、わたしの献げ物は砕かれた心。あなたは砕かれ悔いる心を軽蔑されない。」『聖堂』の本体部分「教会」("The Church") の冒頭を飾る「祭壇」("The Altar") と題する詩では、「主よ、あなたの僕が砕けた祭壇を創ります。それは心を主成分に涙で固めます」（一―二行）とうたわれる。

（5）ヨハ（四・二四）「神を礼拝する者は、霊と真理をもって礼拝しなければならない。」

（6）本訳書、第五章訳注（3）参照。

（7）ロマ（二・二一）「あなたは他人に教えながら、自分には教えないのですか。」

第三十四章　牧師が施す巧みな癒し術＊

田舎牧師は、この世においてすらキリスト教徒にふたつの状態、つまり戦闘状態と平和状態があることを知らなくてはならない。戦闘状態とは、内面あるいは外面から誘惑の攻撃を受ける時のことである。平和状態とは、悪魔が救い主のもとから離れ去ったのと同じように、我々からもしばらく離れ、天使が我々に自身の食べ物、喜びや平安、そして聖霊への慰安でさえ与えてくれる時のことである。(1) これらふたつの状態は、救い主が説教を始めた時だけではなくて、そのあとも存在した。例えば、マタ（二二・三五）においてイエスは試され、ルカ（十・二一）においてイエスは霊によって喜びに溢れた。ふたつの状態は、イエスの信者全員についても当てはまる。さて、牧師には霊的な判断力が具わっており、教区民がどちらの状態にあるのかを見極め、全力で取り組む。牧師は平和状態にあると思う者に、不寝の礼拝を厳格に守り、馬の歩みが緩慢になったとたん手綱を放さないように忠告する。特に、牧師は次のふたつのことについて助言する。第一に、祈禱中は、平穏状態のため（そうなりがちで）お座なりに注意散漫にならぬよう用心し、かつて苦悩が信仰の火を煽り立てた時のことを思い出し、それと同じくらい熱を入れて常にキリスト教徒の勤めに励むように助言する。第二に、限界まで平和の自由を満喫しないように助言する。つまり、現在の健康ですら状況が変われば、胃が受け付けないあらゆるご馳走を食卓に並べて食べないように。現在の潤沢な財ですら事情が違えば、収まり切らない数々の調度品を家に備え付けないように。陽気な人々の間に囲まれているとき、機智に富んだ人々がその場に居合わせなければ得られない笑話に腹を捩じらせ笑い転げるのではなくて、それら陽気な空騒ぎに限度を設け、たがをはめるように。そうすれば、それだけ楽しみは続き、もし去っても、またすぐに戻ってくる。もし我々が自分を裁けば、他人に裁かれることはない。自分で限界を設ければ、他人から限度を定められることはない。しかし、かくかくしかじかの時に、平安と浮かれ騒ぎが節度を超えるのではないかと不安に思うのなら、その時は**ヨブ**の敬服すべき身の処し方を真似るように言う。(2) **ヨブ**は自分の子供たちが浮かれ騒ぎ（宴会）の中にあって罪を犯すことがないようにと、生け贄を献げた。したがって、彼らにその場を離れさせ、貧しく心悩める人を見つけて物惜しみなく施しをさせなさい。神はそのような犠牲をとてもお喜びになる。戦闘状態にあると思う者を、牧師はできる限りの技巧を用いて、堅固に強固にする。さて、試される人々のうち、手に負えない者はすべて次の考え方を持った二種類の人物に縮約される。つまり、森羅万象を監督でき、しかもそうする意思がある者は存在せず、万象は偶然か気まぐれに委ねられると考える輩か、そうでなければ、たとえ万物の偉大な統治者がいたとしても、神は死んだも同然で、自分たちを見捨て迫害し、救うことなどないと公言する輩である。最初の種類の人物がいることに気づき、そのような考え方が時に頭をもたげる徴候を認めたら、その時はあからさまに反論せず（というのも論争をしても無神論を癒す治療薬にはならないから）、牧師は説教に次の三種類の論証を混ぜればよい。つまり、第一は自然から導き出した論証。第二は律法から導き出した論証。第三は神の恵みから導き出した論証。

自然に関して、どのようにしたら建築者なしに家が建てられるのか、あるいは、どのようにしたら管理者なしに家の手入れが行き届くのか判らない。また、全体だけではなくて個々の部分が崩壊することなしに、夏や冬、耕作と収穫[3]という通常の季節や時季でさえ取り去ることによって、どのようにしたら風があたう限り吹き、海があたう限り荒れ狂い、森羅万象ができることを、さらにはすべてのことを行なうのか、とても理解ができない。天候を意のままにさせよう、それでも我々はパンを手にすることができる、ある時には多く、またある時には少なくという違いはあるけれど。だからこそ、用心深い**ヨセフ**はそれに対処することができたのである。[4]さらに、天地創造に立ち会っていたら神を信じようと言う者が、万物の保持を目の当たりにして、それでいて神を信じられないことが、とても理解できない。というのは、保持は創造であり、それ以上であり、そして保持は創造の連続であり、各瞬間に創造を繰り返すことであるから。[5]

第二に律法に関して、そこから導き出された神威の証明はあまり知られていないが明白であり、無神論者、あるいはエピクロスの徒[6]は反駁する術を何も持たない。ユダヤの民は今でも生きていて、彼らはあまねく知られている。彼らには自分たちの証明となる律法と言語とがあり、彼らが神威の証人となる。彼らは今日に至るまで割礼を施し、聖書の約束が果たされるのを期待している。彼らの国もまたよく知られていて、大地と河川は異邦人によって踏破され往来される。しかし、ユダヤの民にとっては、未踏の岩場であり、近寄りがたい砂漠である。それ故、もしユダヤの民が現在も生きているのなら、古の壮大な奇蹟はすべて彼らの中で生きている。そうであるなら、だれが偉大な神の広範囲にわたる力を否定し得ようか。特に、ユダヤ人の頑固さを考えるとき、当時そんなにも多くの奇蹟のもと自国に暮らしていたことが、現在流浪の民であることや祖国に暮らせないことよりも、奇異なことであるのかどうか、それは疑問の余地すらないから。イザヤ（四三・十二）で神がユダヤの民をそう呼んでいるように[7]、彼らが神の存在を証明するものでありその証人となること、そのこと自体は神によって意図せられていることが見て取れる。そして、彼らがあらゆる国に散らばるようになったのは、彼らに対する罰だけではなくて、異邦人が彼らの姿を目にすることで、神と神の力を認識するようになるためであった、詩篇（五九・十一[8]）。故に、この種の罰は他の民というよりは、ユダヤの民が選ばれ彼らに与えられた。

第三に神の恵みに関して。（福音書以来）この世に生を受け真実を証明した聖人が連綿として続くが（**キケロ**や**ウェルギリウス**そして**リウィウス**[9]よりも、聖**ルカ**や**テルトゥリアヌス**[10]そして**クリュソストモス**[11]を信用しない理由はない）、福音書にはふたつの預言があるが、それらが現実のものとなり、キリストの神性が如実に論証される。ひとつは我が救い主に香油を注いだ女性に関する預言で、使徒によると、そのことを決して忘れ去ってはならず、福音とともにあらゆる時代に宣べ伝えるべきであるという、マタ（二六・十三）。もうひとつは**エルサレム**の滅亡に関する預言で、我が救い主は次のように語っている。すべてのことが起こるまで、この時代は決して滅びないと、ルカ（二一・三二）。そのことを**ヨセフス**の歴史書[12]が裏書きし、その裁きの永続性はさらに明白である。これらの預言に、福音が全世界に宣べ伝えられることが付加されるであろう、マタ（二四・十四）。そのことが新大陸で現実に行なわれているのを、我々が目にするのは奇蹟的でさえあり、神は人間の貪欲と野心とを、自身の言葉の実現に用いているのが分かる。ところで、預言というのは、後代の人々に贈られた奇蹟である。奇蹟が起こらないといって不満を漏らさない工夫である。それは封印され送付される手紙で、運ぶ者にとっては単なる紙に過ぎないが、受け取り開封する者にとっては力が満ち溢れている。キリストが盲の目を開けるのを見た者は、福音書で女性の香油の件《くだり》を読む者や**エルサレム**の滅亡を見る者より、神威を余分に見たかといえば、そうでもない。このような考え方のあるものは尾ひれをつけ、あるものは説教の中に採り入れながら、牧師は動揺する人の心を何度か折を見て鎮めなくてはならない。しかし、もし彼らが無神論より絶望に近いとの見立てであるなら、つまり神が存在しないと疑うというより、神が自分たちの神ではないと疑うのなら、言葉には言い表せない優しさの豊饒なる神、その広大無辺な愛の大海に飛び込むべきだ。牧師には答えられない議論がひとつある。もし神が彼らを嫌っているとすれば、それは彼らが塵と灰から成る被造物であるか、あるいは罪深い人間であるか、そのどちらかである。被造物であるとすれば、神は彼らを愛さなくてはならない。如何なる名匠も己の作品を嫌悪することはない。罪深いとすれば、神はなおいっそう彼らを愛さなければならない。なぜかというと、神は罪をこの上なく嫌悪するにもかかわらず、神の愛はその嫌悪さえも克服したからである。そのとても偉大な克服による勝利によって、その勝利も天地創造の時は必要なかったのだが、彼らには愛のために愛を、つまり愛の胸中から愛する独り子が与えられた。したがって、人間はどちらの方に目を向けようと、神の愛の徴がふたつある。しかも、二人ないし三人の口によって、神の言葉はすべて確定されるべきであり[13]、一方は森羅万象の中に、もう一方は罪深い人間の中に。したがって、人間の罪が深ければ、それだけいっそう神は栄誉に包まれる。そして、すべての者は次のように確たる結論を下す、人間が神の愛を軽蔑し、神の慈愛を断念するまで、神は人間を愛すと。つまり、神の愛を内包しない罪はひとつとして存在せず、神の愛を軽蔑すれば、愛が必ず消えてなくなる。神によって差し出される手を払いのけることが、神の愛を逃れる唯一の方法である。

＊『田舎牧師』で「説教前の著者の祈り」を除き、段落分けがなされているのは、この章だけである。その他の章については、著者の記したママの書式を重んじ、訳者が本文の意味内容を分明にするため、改段落して手を加えることをしなかった。

（1）マタ（四・十一）「そこで、悪魔は離れ去った。すると、天使たちが来てイエスに仕えた。」ルカ（四・十三）「悪魔はあらゆる誘惑を終えて、時が来るまでイエスを離れた。」

（2）ヨブ記（一・四―五）参照。

（3）出（三四・二一）「六日の間働き、七日目には仕事をやめねばならない。耕作の時にも、収穫の時にも［後略］。」

（4）創世記（四一・四八―四九）参照。

（5）ピーター・スターリー著『人間の魂の中にある神の国』（一六八三年）の次の箇所を参照。「学者と神学者は我々に次のように教えている、つまり世界の保持は創造の連続である、と。この世の初めから終わりに至るまで、いつ如何なる時でも、神の保持の行為は（中略）創造の行為と全く同一である」(C. A. Patrides, "*A Crown of Praise*: The Poetry of George Herbert," qtd. in *The English Poems of George Herbert* [1974; London: Dent, 1986], p. 24, n. 18. Cf. Diana

Benet, *Secretary of Praise: The Poetic Vocation of George Herbert* [Columbia: University of Missouri Press, 1984], pp. 96-97)。

（6）原文では、"the Atheist or Epicurian" となっている。エピクロス自身は、神の存在を認めた。キケロのいうとおり、人々の誹りを避ける打算であったかも知れないが、その意味では、狭義の無神論者ではない（出隆・岩崎允胤訳『エピクロス　教説と手紙』［岩波文庫、二〇一五年］六六頁、バルベラック『道徳哲学史』門亜樹子訳［京都大学学術出版会、二〇一七年］三三〇—三四頁）。しかし、彼の考える神は、ギリシア神話の神々と違い、人間の俗事に干渉せず、悪人を罰し善人を優遇することはない。しかも、唯物論の立場から、死後の生を認めない。したがって、エピクロス派は反キリスト教的であり、広義の無神論者と見なされる。*OED* によると、"1b. :". . . one who recognises no religious motives for conduct" である。ハーバートの「教会の袖廊」（十連）には、「エピクロスの徒（"Epicure"）であったとしても、私は誓言を差し控えよう」（六〇行）とある。

（7）イザ（四三・十二）「わたしはあらかじめ告げ、そして救いを与え／あなたたちに、ほかに神はいないことを知らせた。／あなたたちがわたしの証人である、／と主は言われる。」

（8）詩篇（五九・十一〈十二〉）祈祷書所収の詩編では、「私の民があなたを忘れることがないように、彼らを打ち砕いてください。／主よ、私の盾よ、み力を顕わして、彼らを打ち散らし、滅ぼしてください。」新共同訳所収の詩篇だと、「彼らを殺してしまわないでください／御力が彼らを動揺させ屈服させることを／わたしの民が忘れることのないように。／わたしの盾よ、主よ。」

（9）ティトゥス・リウィウス (Titus Livius , 59 BC-AD 17)、『ローマ建国史』の著者。

（10）テルトゥリアヌス (Quintus Septimius Florens Tertullianus, c. AD 160-240)、カルタゴ生まれのキリスト教神学者。

（11）クリュソストモス (Saint John Chrysostom, c. AD 347-407)、コンスタンチノープルの主教。雄弁家で、その尊称は「黄金の口」を意味する。

（12）フラウィウス・ヨセフス (Flavius Josephus, c. AD 37-c.100)、『ユダヤ戦記』および『ユダヤ古代誌』の著者。

（13）［二］コリ（十三・一）。本書第七章でも援用された。

第三十五章　牧師の謙虚な姿勢＊

田舎牧師は旧い風習を愛する者である。田舎の人々は旧い風習にどっぷり浸かっており、もしそれら風習が善きもので害がなければ、彼はそれだけいっそう旧い風習に好意を示し、田舎の人々の心を掴む。逆に旧い風習に反対すれば、彼らの気持ちを殺《そ》ぐことになる。もしその風習に悪があり、善から剥ぎ取ることが可能なら、牧師は林檎の皮をむき食べるのに清潔にして与える。[1] 特に、牧師は祈願祭の練り歩きを愛し、その維持に努めるとよい。その練り歩きには、明らかに利点が四つある。第一に、五穀豊穣を願う神への祈り。第二に、領地の境界を維持する正当性。第三に、親しく練り歩き、近所付き合いをすることで得られる愛。もし仲違いをしている者がいれば、一緒に行列に加わる間に、わだかまりが解ける。第四に貧窮者に物惜しみなく施しを与え救済する慈善。その期間には実際行なわれるし、そうすべきである。それ故、牧師はすべての者に対し行列の参加を強要する。もし尻込みをして加わらない者がいたら、好意的な態度をとらず、近所付き合いの悪い無慈悲な輩と非難し、それでも改善しなければ、告発をする。いや、牧師はそのような人々を有罪とはせずに、むしろ参加しなければよそよそしさが、参加すれば愛が生まれると解りきっており、何度も参加するよう促さなければならない。ところで、愛は牧師の任務であり目的である。それ故、教区民の都合がよいとき、お互いの家に招待し合うのを牧師はとても喜び、そうするように奨励する。時には、これまでに感情の些細な行き違いがあり、現在も仲違いが継続中であると判っていれば、牧師は当事者のひとりを選び、もうひとりの家に一緒に行き、皆で昼食を、あるいは夕食をともにする。このような和やかな雰囲気の中で説教をすれば大いに効き目がある。守るべきもうひとつの旧い風習は、夕方、灯りを点すとき、神が我々に天上の光明をもたらさらんことを、と唱える風習である。牧師はこの旧習をとても好む。牧師はいつも神を褒め称え、神に祈りを捧げることを気に病まず、むしろそうする機会を得て喜ぶ。光明は大きな天恵で、食べ物と同じくらい素晴らしい。したがって、我々は神の御稜威《みいづ》に感謝の祈りを捧げる。この旧習を迷信だと思う輩は、迷信がなんだか知らないし、自身のことをも知らない輩だ。この習慣を古臭く廃れていて流行遅れだといって行なうのを恥だと思う人々に対しては、牧師は彼らに心を入れ替えるように、そして洗礼式のとき、十字架の徴を恥じたり、(2)恥ずかしいからといって善きものを捨て去らないように諭す。小さなことに恥を感じる者は、やがてその小心が大きなことにまで拡がってしまう。むしろ、キリスト教の戦士は自分の身を固め、さらに禁欲の苦行を続ける機会だと捉えるべきである。

＊　この章題 (“The Parson's Condescending”) に使われている、“Condescending” は「身を落として〜する」あるいは「恩着せがましく〜する」という現在の軽蔑的な意味ではなく、「謙虚な姿勢で」旧い風習を受け入れるという意味で使われており、その語の連想から、ロマ (十二・十六)「高ぶらず、身分の低い人々と交わりなさい」(“Mind not high things, but condescend to men of low estate”) の考え方が背景にあるという (Martz, p. 484n)。

(1)「教会の袖廊」(十一連)「話の中から笑いを取り出して、罪を捨てさない。／清潔に食べたい者は、林檎の皮をむく」(六三―六四行)。

(2) 洗礼式のとき、十字架の形をした徴を子供の額に記すか否かで、ピューリタンと論争があった。

第三十六章　祝福を授ける牧師

田舎牧師は人々に祝福を授けることが同じ聖職者にほとんど行なわれていないのを訝る一方で、祝福の勤めが恭しく重大であるばかりではなく、有徳であると考える。祝福をしない聖職者がそれを避けるのは、美文調にこだわる、つまり挨拶やお世辞ならびに時流に乗った言葉遣いを好むからである。だが、その華やかな文体に凝る傾向性は、とても聖職者に相応しいとはいえず、非難というより譴責に値する。あるいは、彼らが祝福を避けるのは、中身がなく余分であると考えているからである。しかし、使徒たちが諸の書簡で勤勉に用いている祝福を、もちろん救い主自身も用いている、マコ（十・十六）[1]。よって祝福が空しく不必要なものであるはずがない。祝福はキリストや使徒たちの専売でないばかりか、一介の司祭にも相応しい行為であった。そして、世の父親が我が子を祝福するなら、司祭が祝福する機会は、さらにもっと多くなる、いやなるべきである。さらに、旧約聖書の祭司は民を祝福するように命じられ、その授け方も**民数記**（六・二二―二七）に記されている。さて、使徒［パウロ］が他の箇所で述べているように[2]、罪を宣告する勤めが栄光をまとうなら、魂を導く勤めは、なおさら栄光に満ち溢れているのではないだろうか。サム上（一・十八）で、**ハンナ**は祝福の結実を素晴らしいと思い、大喜びで受け入れた。だが、その祝福は神に拒否された人物の口からでたものであったが、祝福の授与は、人格ではなく祭司としての位階の為せる業である。したがって、悪い司祭すら、祝福を与えることがある。聖職者は祝福だけではなく呪う権限も与えられている。故に、旧約の「下」列王記（二・二四）で、**エリシャ**は自分の子供たちを呪った。救い主は彼の行為をその事例に関する限り好ましくないと咎めた。というのも彼は激情よりも謙遜を全身で示すべきであったから。それでもキリストは使徒たちには呪いを認めている。聖**ペテロ**は使徒言行録（八・二〇）で、その恐ろしい呪詛を**魔術師シモン**に用いて、「この金は、お前と一緒に滅びてしまうがよい」と言った。事実がそのことを裏書きしている。聖**パウロ**もまた、呪詛を「二」テモ（四・十四）および「一」テモ（一・二〇）で用いている。自分の説教にたてついた銅細工人**アレクサンドロ**について、聖**パウロ**は、「主よ、その仕業に応じて彼に報いて下さい」と言い、そしてさらに、**ヒメナイ**と**アレクサンドロ**について、「神を冒瀆してはならないことを学ばせるため、彼らをサタンに引き渡した」と言っている。祝福や呪いの授け方は祈禱書に詳しく記されている。前者は「主イエス・キリストの恵み（後略）」や「神の平和（後略）」などに、後者一般は「神罰の告知」に記されている。(3) さて、祝福は祈りとは絶対に別物である。なぜなら祝福は他人に依頼されて授けるものではなくて、確信と力をもって行なうものであるから。つまり、神が司祭に賦与した威厳を授与することによって、また神自身の力と掟とを祝福に保証することによって、神の恩寵が受け手に効率よく授けられるからである。聖職者自身がこの勤めを怠れば、人々も同様に怠るようになる。それで、人々は司祭からこの恩恵を請い求めることなどなくなり、祝福の勤めが終わる前に教会を立ち去ってしまうことしばしばである。教皇「ローマ・カトリック」の御代、神父の**ベネディシテ**(4)という祝福の言葉と聖水とは、とても重んじられていた。そして、今では我々は、盲信から宗教的無関心や無神論に至るまで、正反対の状態に陥っている。しかし、牧師はまず自身で神から授かった賜物を大切にし、その次に教区民にその賜物を大切にするように諭す。そして、聖職者がおきまりの巧言令色を用いて身分の高い人と話をするなら、その人物は普通の阿諛追従者と見なされる。一方、他の者が何か益になることを言い、僅かにきっかけを与えてくれたとき、牧師によって何度か祝福の言葉が挿入されれば、周囲に崇敬の念が生じ、相応の敬意が聖職者に与えられる。同様のことが手紙を書く時にも認められる。(5) 結論として言えば、ロマ（十二・十四）に記されているように、(6) すべての人が折に触れて祝福をするなら、牧師であればなおさらのこと。

（1）マコ（十・十六）「そして、子供たちを抱き上げ、手を置いて祝福された。」マタ（十九・十三―十五）参照。

（2）「二」コリ（三・八―九）参照。

（3）“The Grace of our Lord Jesus Christ & c” (*Litany* in BCP, p. 122); “The Peace of God & c” (*Communion* in BCP, p. 139). *Commination* in BCP, pp. 176-81.

（4）ベネディシテ［*Benedicite*］シェイクスピア『ロミオとジュリエット』二幕三場二七行（平井正穂訳［岩波文庫、一九八八年］八六頁）参照。

（5）ベマトンの地で記されたハーバートの手紙には、極めて短いものを除き、すべて祝福の言葉が含まれている。その好例は、ペンブルック伯爵夫人アン・クリフォードに宛てた一六三一年十二月十日付の手紙（Hutchinson, pp. 376-77）。

（6）ロマ（十二・十四）「あなたがたを迫害する者のために祝福を祈りなさい。祝福を祈るのであって、呪ってはなりません。」

第三十七章　名誉棄損について

たいてい人は暇を持て余ますと、他人の過ちを話のネタや物笑いの種にする。そして善人でさえ真実を語ると思っている時でも、実際には他人の罪を暴露していることがよくある。田舎牧師はこのことを承知しており、この点について話を進めて行くのが、いくらか困難である。もし牧師が緘口令を敷き、過ちの暴露を全面的に禁止したとしても、多くの悪事は存在し続けるばかりか、教区内に拡がってしまうであろう。それに、神のへ冒瀆や教区民への伝染、そして牧師を不快にさせ信頼を失墜させ勤めを妨害するものに付ける薬もない（無断で服用させることもできない）。他方、過ちの公表が非合法であるなら、如何に有徳や有益なことであっても、過ちの公表を合法化することはできない。というのは、悪から善が出てくるからといって、悪事を為してはならないから。さて、牧師はこの点を取り上げるが、そのことは非常に有益であり根が深く、人との交わりの花であり本質であると思われるので、この議論をこれまで続けてきたのである。過失は皆に知られているか、知られていないか、そのどちらかである。周知の過失は世間の風評によって知れ渡るものか（そして、その過失を犯した人を知る者が噂するので、悪ふざけではなく憐憫の情をもってその過失を話題にする）、そうでなければ判決が出たあと、鞭打ちの刑や投獄などで矯正されるものである。人は後者の過失をも噂するが、さらにもっと頻繁に話題となり、当事者を直接知らない者にまで秘密を打ち明けることになる。名誉失墜による汚名というのは悪人に下す判決の一部であり、それが法律の意図するところである。そのことは罪人に対して烙印を押し人目に付くようにし、足枷をはめ晒し者とすることからも明らかである。しかし、ある人物に言わせると、法律はこのことを認めているが、福音書は認めていないという。なぜかというと、福音書は慈愛を広く宣べ伝え、陰で誹《そし》る人を邪悪な者の部類に入れているので、ロマ（一・三〇）[1]。だが、この主張に抗弁するのは容易である。罪人の生命を奪う死刑執行人は、職務を超えて少々個人的に悪意のようなものを喜びに混ぜ、急いで任務を遂行するというのでなければ、無慈悲ということはない。それと同じように、法律で裁かれる人の名誉を棄損しても、遺恨から行なうのでなければ、やはり無慈悲とはいえない。というのは、中傷による名誉棄損では、すべての人は死刑執行人であり、法律では、犯罪者を誹謗する権利が皆に与えられている。そして、犯罪者は財産や生命を没収され失うかも知れない、それと同じように、彼らの名声とその所有権も没収され失うかも知れない。彼らは罪を犯し判決が下されるまで、人々の心の中では名声を保っていた。というのも、人はすべて、その罪が立証されるまでは名誉ある存在であるから。その上、悪人の公表は国家にとって重要であり、私的な愛よりも公的な愛の方が優先される。したがって、罪人の公表は過失どころではなく、むしろ義務であり、益するところ大であり、害も大いに免れる。それにもかかわらず、罰を受けた罪人がその犯した罪ゆえに激しく懊悩を重ねた末、まったく別人に生まれ変わったなら、いかにもその時は、罪人に対する情愛や言葉遣いを変えて、神自身すら忘れ去ったものを口にするのを慎まなければならない。

(1) ロマ(一・三〇〔二九―三二〕)「陰口を言い、人をそしり、神を憎み、人を侮り、高慢であり、大言を吐き、悪事をたくらみ、親に逆らい、無知、不誠実、無情、無慈悲(中略)このようなことを行なう者は死に値する。」

著者による説教前の祈り

全能で永遠の神である主よ。あなたは帝王、力、光輝、そして栄光であります。どのようにしたら我らは僭越にもその尊顔を拝することができましょうか。というのも、我らは先に挙げたすべての点で、あなたとは対極にありますから。我らは暗闇、脆弱、不浄そして恥辱であります。悲惨と罪が我らの生活に満ち溢れています。だが、それでもあなたは創造主で、我らは被造物です。あなたの御手により我らは創られ、我らは被造物すべての長《おさ》となりました。我らに我ら自身の世界と、我らに仕えるもうひとつの世界を与えてくださいました。(1) それから、我らを楽園に住まわせ、さらに恩寵を与え続けてくださいました。やがて我らがあなたの忠告を無視し、目論見を台無しにし、そして我が神、憐れみ深き栄光の神を一個の林檎のために売り払ってしまうまで。(2) ああ、書き記してください。ああ、永遠に消えぬように我らの額に烙印を押してください。一個の林檎を手に入れるため、我らは神を喪いました。さらに今でも、お金や食べ物という程度の物のために神を喪います。しかし、主よ、あなたは忍耐、憐憫、優しさ、愛であります。したがって、我ら人の子は焼き尽くされることがありません。

あなたは慈愛の心を何にもまして高め、我らの救済を我らの罰ではなくあなたの栄誉となさいました。したがって、罪が満ち溢れているところでも、死ではなく恵みがさらに充満しています。そういう訳で、我らが天上やこの世で救いようがないほど罪を犯したとしても、あなたは仰せになります、そのためにやって来たのだ、と。だからこそ、自らは死ぬことのない生命の主は、そのように為されたのです。受肉し、涙を流し、命を失いました、それも敵のために、嘲《あざけ》り侮蔑した輩のために命を落とされたのです。聖なる救い主よ、度重なる洪水もあなたの愛の灯を消すことはできませんし、また如何なる奈落もあなたの愛を飲み込むことはできません。しかし、あなたの血潮が暗闇や墓穴そして地獄を奔流の如く流れましたが、それでもあなたは心の葛藤を経て、うわべは偶然を装い、勝ち誇って甦り、我らに勝利をもたらしました。

それでもあなたの愛はもうこの世に留どまっていません。というのは、あなたは満ち溢れる平安と和解の言葉を、雷電や天使ではなく愚かで罪深い人間どもに、私にさえ委ね、私の罪を赦し、あなたの愛を受ける人々の世話をするようにお命じになりましたから。

褒め称えよ、奇蹟だけを行なう天と地の神を。そのために、我がリュートとヴィオールよ、目を覚ませ。(3) 我が力よ、覚醒して神の栄光を称えよ。我らは神を称え、崇める。我らは永久に神を賛美する。(4) そして今、ああ、主よ、あなたの勝利の力や様々な命令そして愛の真実で、今日この日、全世界の教会のどこで語られようと、ほら、我らはここにいて、自身の言葉を賛美するようあなたに懇願いたします。まだあなたの信者になっていない者を改宗させ、信者にはその信仰を堅固にするため、愛を力と平安の言葉にしてください。特に、あなたが光の国とも、財宝と慈愛の宝庫ともした、あなた自身の王国で愛を賛美してください。ああ、我らの取るに足らぬ愚かな心をして、連綿として続くあなたの甘美な愛を我々から奪わせず、我らの罪を赦し、始められたことを全うしてください。真実、柔和、そして正義の言葉のために、主よ、立ち上がってください、そうすればあなたの右手がすさまじいことが分かるでしょう。[5] 特に、ここに集う若干名の者を、彼らに語りかける無価値な僕とともに、祝福してください。主イエスよ、彼らに教えることができるように私に教えてください。私の力が全力を尽くしてあなたのお告げを、恭しく、すばやく、忠実に、そして効果的に伝えることができるように、私の力を清め、力が発揮できるようにしてください。ああ、あなたの言葉を翼のある言葉にして、耳から心へ、心から本来の居場所である生命へと伝わっていきますように、そうすれば雨の滴が空しく天に戻ることがないように、そのようにあなたの言葉も空しく戻ることはなく、与えられた使命を遂行するでしょう。ああ、主よ、お聴きください。お赦しください。耳をお傾けください。あなたの聖なる御子のためにそうしてください。その御子の甘く心地よい言葉に我らは応えます、「我らの父よ、云々。」

（1）ハーバートの「人間」（"Man"）と題する詩では、「人間はひとつの世界で、／自分に仕えるもうひとつの世界［自然］がある」（四七―四八行）とうたわれている。トマス・ブラウンの『医者の宗教』（第一巻十六節）には、「私がそこから神学を採集するふたつの書物がある。ひとつは神について記された聖書、もうひとつはその僕たる自然である」(Browne, p. 78)。クルツィウス「象徴としての書物」（第十六章）『ヨーロッパ文学とラテン中世』南大路振一、他訳（みすず書房、一九八五年）所収、四四一―五一〇頁参照。

（2）「安息の郷」（"Home"）を参照。「そこには御子が横たわっていた。でも御子はその住居を、／その居心地のよい住居を立ち去らねばならなかった、／あなたの愛のために宴で一個の林檎さえ／残そうともしない者から、隷属状態を取り除くために」（十九―二二行）。

（3）「復活祭」を参照。「目覚めよ、我がリュートよ、そして己が分担を果たすべく励め、／あらゆる技法を尽くして」（七―八行）。なお、ウォルトンの伝記によると、ハーバートは優れたリュート奏者であったという (Walton, p. 269, p. 303)。兄のエドワードもリュート音楽に精通し、駐仏特命大使を勤めていた一六一九年から一六二四年の間に、当時流行の楽曲を己の気晴らし用に集めた。その集成は *Lord Herbert of Cherbury's Lute Book* として知られる。

（4）「我らは神を称え、崇める。我らは永久に神を賛美する」の箇所は原文では、“We praise thee! We blesse thee! We magnifie thee for ever!” となっている。聖餐式の終わり近くで唱えられる詞のエコーか。“We prayse thee, we blesse thee, we worshyppe thee, we glorifye thee, we geve thanckes to thee for thy greate glorye” (BCP, p. 138).

（5）詩篇（四五・五｛四｝）の引用。“. . . ride on, because of the word of truth, of meekness and righteousness, and thy right hand shall teach thee terrible things” (BCP, p. 507).

著者による説教後の祈り

褒め称えよ、恩恵を我らに注ぎ続ける憐れみ深き父である神を。あなたは我らを選び、我らを召し、我らを義とし、我らを清め、そして我らを栄光で包みました。あなたは我らのためにこの世に生を受け、我らのために生き、命を奪われました。あなたは我らにこの世とあの世の祝福を授けました。ああ、主よ、あなたの祝福は鈴生りで、群をなしてやって来ます。その祝福はあらゆる方面から荒波のように押し寄せてきます。そして今、主よ、あなたは我らに生命のパンを与え、よって人は天使の食べ物を得ました。ああ、主よ、その食べ物を聖別してください。ああ、主よ、その食べ物を健康と力の源にしてください。あなたのその食べ物が我らの体内で長く力を発揮し功を奏しますように、やがて我らの服従が愛の縁《ふち》に達するまで。あなたは我らのためにあたう限りを尽くしてくれたのですから。親愛なる父よ、あなたの御子であり独り子の我らの救い主のために、このことをお聞き届けください。三位一体の神と子と聖霊に、なかでも最高の栄光に包まれ、人知の及ばぬ唯一神に、ありとあらゆる栄誉や栄光そして賛美が常に帰属されますように。　アーメン。

訳者あとがき

二〇〇九年のこと。衝撃的なタイトルの書物が、イギリスの聖職者により上梓された。機械的に訳すと、『もし路上でジョージ・ハーバートに出会ったら、やつを殺せ——司祭の奉仕活動を根本的に再考する』(1)。殺し文句に誘われて、さっそく書き出しを読む。すると、臨済録の名言「逢佛殺佛云々」が引用されている。それからすると、殺すというのは、解脱して克服するという比喩的な意味かと納得した。「解脱の途上で尊師に逢うては、師を殺せ。」言い換えれば、ハーバートの死後三八五年も経過するのに、『田舎牧師』に描かれる規範、なかんずくその奉仕活動が、一部の司牧者にとって、越えがたき最高峰の如くそびえ立ち、その軛を逃れるには過去の幻影を払拭し脱却せねばならぬ、ということであろうか。

しかし、聖職者ではなく詩の崇拝者や研究者にとっては、比喩的にすら殺す必要はなく、ハーバートの生を知ることこそ肝要である。四十年間の生涯で著わされた数々の作品は、それぞれが詩人の「魂と神との間に交わされた幾多の精神的な葛藤(2)」の図絵である。それら名画の如き傑作は、ハーバートの言葉を借りると、後の時代に「封印され送付される手紙で、運ぶ者にとっては単なる紙に過ぎないが、受け取り開封する者にとっては力が満ち溢れている」（本訳書第三十四章）。ここに訳述した『田舎牧師』も、ハーバートの人となりを知る上で、貴重な一次資料である。

今回の拙訳は、英文学研究の末席を汚す者の立場から、十七世紀イギリスは革命前の小邑《しょうゆう》における司牧の手引を日本語で再現した試訳である。ただ、その目的は、現代の日本で奉仕活動に利するというより、「見ぬ世の人を友と」し対話することである。人文学が軽視され効率を追求する世の中にあって、巷に氾濫する実用的なマニュアルとは一線を画す道徳的な教本を提示し、英文学の光明で人倫の一端を照らせれば幸いである。

二〇一八年三月

山根正弘

（1） Justin Lewis-Anthony, *If You Meet George Herbert on the Road, Kill Him: Radically Re-thinking Priestly Ministry* (London: Mowbray, 2009).

（2） Walton, p. 314.

訳者紹介
山根　正弘（やまね　まさひろ）
創価大学　非常勤講師
一九六〇年　大阪生まれ
一九九〇年　創価大学大学院文学研究科博士課程満期退学

主な著書
『博物誌の文化学――動物篇』植月恵一郎編、共著（鷹書房弓プレス、二〇〇三年）、『英文学と結婚――シェイクスピアからシリトーまで』英米文化学会編、共著（彩流社、二〇〇四年）、『英米文学に描かれた時代と社会――シェイクスピアからコンラッド、ソロー』川成洋・吉岡栄一・伊澤東一編、共著（悠光堂、二〇一七年）ほか

語学書
『ワードバンク mini　基礎を固める英単語１８００』英米文化学会編、共著（朝日出版社、二〇一三年）

田舎牧師
その人物像と信仰生活の規範

二〇一八年六月二十九日　初版第一刷発行

著　者　ジョージ・ハーバート
訳　者　山根正弘

発行者　原　雅久
発行所　株式会社 朝日出版社
〒一〇一-〇〇六五　東京都千代田区西神田三-三-五
ＴＥＬ　〇三-三二六三-三三二一
ＦＡＸ　〇三-五二二六-九五九九

印刷・製本　協友印刷株式会社

ISBN978-4-255-01058-8 C0097